LEIBNIZ BLÄTTER VERLAG

Die Acht vom großen Fluss (5)

CIP-Kurztitelaufnahme der Deutschen Bibliothek
Kuhnke, Gabriele:
Die Acht vom großen Fluss / Gabriele Kuhnke
Bd. 5. Rote Fässer über Bord.
Originalausgabe erschienen: 1986

Illustrationen: Kollektiv der Leibniz Privatschule Kaltenkirchen unter der Leitung von Sabine Helgesson (Titel), Illustrationen in diesem Band: Amily Bontemps
Layout: Georg von Sternberg

Überarbeitete Neuauflage 2021
Leibniz Blätter Verlag, Kiebitzreihe b. Hamburg

Herstellung: BoD – Books on Demand, Norderstedt

ISBN: 978-3-9822832-2-7
E-Book: 978-3-9822896-2-5

LEIBNIZ BLÄTTER VERLAG

Gabriele Kuhnke

Die Acht vom großen Fluss

Rote Fässer über Bord

Die Acht:

Sabine, 12, schulterlanges, dunkles Haar, als einzige nicht blond; spitze, schmale Nase; dicke Ponyfrisur. Wittert dauernd spannende Fälle. Sehr pfiffig.

Bastian, 12,
hat kurzes blondes Stoppelhaar und sehr abstehende Ohren. Ist der Anführer der Jungen. Intelligent. Manchmal muffelig.

Heike, 12, und Heiko, 11, Geschwister, haben beide ganz kurz geschnittenes blondes Haar. Heiko weiß immer alles, Heike ist sehr tierliebend und weichherzig. Hilfsbereit sind beide. Die Geschwister besitzen zusammen eine kleine Segeljolle, da sie auf einer Insel wohnen.

Susanne (Su), 8, Sabines jüngere Schwester, die immer mit will. Hat dünne, widerspenstige, rotblonde Zöpfe, ist lustig, lacht und weint viel, hat Sommersprossen. Su ist eine Nervensäge, aber lieb.

Florian (Flo), 10, hat ganz dicke blonde Locken (um die ihn die Mädchen beneiden). Flo ist klein und dünn, ein bisschen ängstlich. Liest leidenschaftlich gern.

Goldhamster Husch ist Heikes Liebling. Er sitzt meistens unter ihrem Pullover und ist immer dabei. Sein Fell ist besonders seidig. Ein großer Nüsse-Hamsterer. Kommt auf Heikes Pfiff. Fürchtet Kater Bandit wie den Teufel, da er dessen Absichten kennt.

Kater Bandit wurde irgendwann von Sabine halb ertrunken gefunden und adoptiert. Die Familie liebt ihn. Bandit ist pechschwarz mit weißen Pfoten. Er hat nur ein Auge. Hofft, irgendwann Hamster Husch zu erwischen. Geht meistens mit den Kindern mit. Ist ein ganz besonderer Kater.

Inhalt

Gabriele Cecilia Kuhnke (geb. Ammermann;* 19. Juni 1946 in Olsberg) ist eine deutsche Schriftstellerin; sie hat sich vor allem durch ihre Kinder- und Jugendbücher einen Namen gemacht. Geboren im Sauerland, besuchte sie in Arnsberg das Mädchen-Gymnasium. Seit ihrer Kindheit fühlte sie sich zu Wasser und Schiffen hingezogen, arbeitete nach ihrer Schulzeit auf einem Rhein-Schleppkahn. Die zwölfbändige Reihe ***Die Acht vom großen Fluss*** erschien erstmals zwischen 1985 und 1991im Schneider-Buch-Verlag. Sie lebt in Sommerland zwischen Elmshorn und Glückstadt.

Aufregung am Fluss

„Uff, ich kann nicht mehr.“ Meine Freundin Heike plumpst zu Boden und bleibt lang ausgestreckt auf der Deichkrone liegen. Frau Maak, unsere Klassenlehrerin, die schwungvoll an der Spitze ihrer Schüler marschiert, wendet sich um.

„Nur keine Müdigkeit vortäuschen, Heike Hansen“, ruft sie und klatscht aufmunternd in die Hände. „Wird die Maak denn nie müde?“, jammert Heike. Sie macht keine Anstalten wieder aufzustehen, sondern bleibt erschöpft liegen.

Alle Kinder der 7a – nach den Sommerferien sind wir eine Klasse höher gerückt – nutzen die sich bietende Gelegenheit, sie werfen sich ebenfalls in das kurze Gras und jammern und stöhnen zum Steinerweichen, bis Frau Maak endlich ein Einsehen hat. „Nun gut, zehn Minuten Verschnaufpause!“ Sie schüttelt verständnislos den Kopf. „Ihr habt keine Kondition mehr.“

Uns ist das schnuppe. Wir aalen uns erleichtert auf dem Deich in der noch warmen Septembersonne. Aufatmend lasse ich mich neben Heike nieder und ziehe die Schuhe aus. Sechs Kilometer stiefeln wir jetzt schon ohne Pause über den Deich, der sich wie eine endlose, grüne Schlange den Fluss entlangwindet. Kein Wunder, dass sich an meinem kleinen, linken Zeh eine Blase gebildet hat.

Ich heiße Sabine Rehder, meine dunklen Haare hängen bis auf die Schultern, und meine Stirn ist von zotteligen Ponyfransen verdeckt. Meine Freundin Heike hat kurzgeschnittene blonde Haare und ein rundes, stupsnasiges Gesicht wie ihr Bruder Heiko. Heike und Heiko wohnen nicht wie ich in Diekhusen, sondern auf dem Bananensand. Das ist eine Insel, die mitten im Fluss liegt. Auf der Insel gibt es nur einen Bauernhof. Dort wohnt Heike mit ihrem Goldhamster Husch, ihrem Bruder Heiko, ihren Eltern und zwanzig Kühen, einigen Schafen und Hühnern, ein paar Katzen und dem Schäferhund Wotan.

„Wenn ich etwas hasse, so sind es Wandertage“, stöhnt Heike. „Vor allem hasse ich Lehrerinnen, die überhaupt nicht müde werden. Ich glaube, die Maak könnte noch, ohne Pause zu machen, bis nach Hamburg durchmarschieren und käme dort auch noch frisch und munter wie ein Fisch im Wasser an. Direkt unnormal, so was.“ Heike schüttelt sich und zieht ein verdrießliches Gesicht.

Die Maak ist Vorsitzende vom Wanderverein“, verkünde ich. „Wandern ist ihr Hobby.“

„Igitt, wie kann man nur so ein anstrengendes Hobby haben. Das ist für mich Schwerstarbeit.“

Träge blicken wir Frau Maak nach, die nicht wie wir übrigen am Deich lagert, sondern mit weit ausholenden Schritten dem Fluss zustrebt.

„Du solltest weniger Kartoffelbrei essen, Heike, dann brauchst du ein paar Pfunde weniger mit dir herumzuschleppen“, neckt Bastian Heike, indem er auf ihr Lieblingsgericht anspielt. „So schlecht sind Wandertage nun auch wieder nicht. Wenn die Maak einen weniger schnellen Schritt draufhätte, könnte so was sogar Spaß machen.“

„Wenigstens fallen dafür die Mathe- und Englischstunden aus“, stimme ich zu. „Alles hat eben seine guten und schlechten Seiten.“

Bastian ist mein Vetter. Wie er so neben uns sitzt, überragt er Heike und mich um Kopflänge. Er hat blonde, struppige Stoppelhaare und weit abstehende Ohren, mit denen er besser wackeln kann als unser Kater Bandit mit den seinen. Bastian wohnt im Haus neben uns, in Nummer 9, dem letzten Haus von Diekhusen. Alle neun Häuser des kleinen Dorfes stehen in einer langen Reihe nebeneinander. Mit den Rückseiten schmiegen sie sich eng an den Deich, hinter dem das Wasser des breiten Flusses dem Meer zuströmt. Tante Almut und Onkel Henning, Bastians Eltern, haben das erste Stockwerk ihres Hauses zu einem Café ausgebaut. Die Woche über ist hier nichts los, aber an den Wochenenden herrscht Hochbetrieb. Dann tauchen eine Menge Leute auf, die der Großstadt für kurze Zeit entfliehen wollen, um bei einem Deichspaziergang frische Luft zu schnappen. Anschließend kehren alle im Café ein, um Tante Almuts weitgerühmte Erdbeertorte zu essen. Dabei blicken sie auf den großen Fluss und träumen den vorbeiziehenden Schiffen nach. Heike, Bastian und ich hocken dicht nebeneinander auf der Deichkrone und starren träge auf den Fluss. Es ist Ebbe. Das Wasser zieht sich immer mehr zurück, sodass die Stacks wieder begehbar sind. Ein Stack ist ein mit Steinen befestigter Damm, der in den Fluss hineingebaut wird, damit das Ufer vor der Strömung geschützt ist.

In der Ferne können wir einen dunkelgrünen Streifen erkennen, das sind die Bäume des Bananensandes. Ein heller, breiter Sandstreifen, der bei Flut ganz schmal ist, zieht sich um die ganze Insel. Die hohen Ladebäume eines Frachters tauchen hinter den Bäumen der Insel auf. Jetzt kommt der schnittige weiß-rote Bug zum Vorschein, und dann folgt der Rest des Schiffes. Aus dem gelben Schornstein quillt Rauch. Die Sogwellen des Schiffes nähern sich rasch dem Ufer und rollen donnernd den Strand entlang. Frau Maak muss schnell zurückspringen. Wir grinsen schadenfroh. „Hoffentlich hat sie nasse Füße bekommen“, lästert Heike. „Dann muss sie ihre Schuhe ausziehen, und barfuß wandert sie sicher nicht so schnell.“

Wir blicken gespannt zum Ufer. Zu unserem Bedauern zieht Frau Maak ihre Schuhe nicht aus. Ihre Füße sind leider trocken geblieben.

„Pech für dich, Heike.“

Ich grinse. „Für dich auch, Sabine. Du hast ja bereits eine Blase am Zeh. Ich glaube, ich muss mich erstmal stärken, damit ich es noch bis Diekhusen schaffe.“

Meine Freundin kramt eine Tüte Erdnüsse aus ihrer Umhängetasche.

„Wollt ihr auch welche?“ Bastian und ich lehnen dankend ab.

Aber jemand anders, der ganz erpicht auf Nüsse ist, meldet sich. Kaum hat Heike eine Nuss abgeschält und in ihrem Mund verschwinden lassen, da wird es unter ihrer Bluse lebendig. Ein kleiner, brauner Kopf erscheint in der Halsöffnung, und zwei schwarze, glitzernde Knopfaugen blicken erwartungsvoll in die Runde. Das ist Husch, Heikes Goldhamster, der ebenfalls zu uns Acht vom großen Fluss gehört, und den sie überall mit herumschleppt. Der kleine Hamster scheint sich in ihren Taschen und unter ihrem Pullover recht wohl zu fühlen. Heike stört es nicht im Geringsten, wenn er an ihr herum klettert.

Nur in die Schule darf sie ihn nicht mitnehmen. Seitdem er ihr einmal in der Englischstunde entwischt ist, lässt sie ihn vormittags lieber in seinem großen Käfig, der zu Hause in ihrem Zimmer steht. Aber da heute Wandertag ist, hat Heike es gewagt, ihren Liebling mitzunehmen; und weil er bis jetzt friedlich unter ihrer Bluse geschlafen hat, hat Frau Maak von dem blinden Passagier noch nichts gemerkt.

Husch saust an Heikes Arm entlang und landet in ihrem Schoß neben der Erdnusstüte. Rasch greift er mit seinen kleinen Vorderpfötchen nach einer Nuss. Schnell und geschickt reißt er mit seinen Nagezähnen die Schale ab, und die Nuss wandert in seine Backentaschen. Sofort greift er nach der nächsten Nuss.

„Das ist gekonnt", bewundert Bastian den Hamster.

„Von Husch kannst du noch was lernen, Heike."

„So schnell schaffe ich das nie." Heike lacht. Sie ist wieder besser gelaunt. Ihren Goldhamster Husch liebt sie über alles. Bevor sie nur eine Nuss geknackt hat, hat Husch fünf geschafft. Seine Backentaschen schwellen immer mehr an, bis es so aussieht, als seien seine Backen dicker als der ganze Hamster.

„Nun reicht es, Husch." Heike stopft die Tüte in ihre Umhängetasche zurück. Der Hamster richtet sich auf seinen Hinterbeinen auf und schnuppert in die Richtung, in der die Tüte verschwunden ist. Seine Barthaare zittern aufgeregt. Da Heike die Tüte nicht mehr hervorholt, dreht er sich schließlich um und verschwindet in den Taschen ihrer Krempeljeans, um dort ungestört seine Backentaschen zu leeren. Husch liebt Erdnüsse über alles.

Plötzlich richte ich mich gespannt auf. Ein grüner Zollkreuzer rauscht in Strommitte vorüber. Ich winke heftig mit beiden Armen. Aber ich kann nicht erkennen, ob jemand zurückwinkt. Die Entfernung ist zu groß. Mein Vater ist Kapitän auf dem Zollkreuzer, und schon oft musste er uns mit dem Boot zu Hilfe eilen, wenn wir wieder einmal in der Klemme saßen.

„Los, los!" Frau Maak schreckt mich aus meinen Gedanken auf. „Was seid ihr nur für eine träge Gesellschaft. Ich kann bereits die Giebel der Häuser von Diekhusen erkennen. Wenn ihr euch nicht beeilt, können wir nicht mehr im Café einkehren, sondern kommen gerade noch zur Abfahrt des Busses an."

Das Wort Café wirkt wie ein Zauberwort. Auf einmal ist alle Müdigkeit verflogen. Genießerisch lecke ich über meine trockenen Lippen. Die Vorstellung, jetzt bei Tante Almut im Café zu sitzen und eine kalte Limo zu schlürfen oder ein Riesen-Eis zu verputzen, macht auch die Trägsten unter uns munter. Laut schreiend springen alle den Deich hinunter. „Los, Heike, mach schon", dränge ich, denn die Aussicht auf ein Eis lässt alle Lebensgeister in mir erwachen. „Ja, ja", brummt Heike unwillig und erhebt sich ächzend. Ich kugele wie ein Ball den Deich hinunter mitten zwischen einigen Schafen hindurch, die laut blökend auseinanderrennen.

In kleinen Gruppen wandern wir schwatzend am Flussufer entlang. Alle sind guter Dinge, nur Heike ist noch unzufrieden.

„Heiko hat's gut", murrt sie. „Der ist mit seiner Klasseschon seit drei Tagen in der Jugendherberge in Eggebek. Bequem und gemütlich im Bus durch

Schleswig-Holstein zu zuckeln, das würde mir auch Spaß machen. Aber nein, außer Wandern fällt der Maak nichts ein."

„Du Arme", ziehe ich sie auf. „Dass du auch ausgerechnet die Maak als Klassenlehrerin erwischen musstest. Bleib doch im nächsten Jahr sitzen, dann landest du automatisch bei Heiko in der 6 a und bist die Maak los."

Heike starrt mich verdutzt an. Dann lacht sie etwas verkrampft. „Du hast wirklich Supereinfälle, Sabine. Sitzenbleiben. Spinnst du? Dann bin ich doch nicht mehr bei dir."

„Dann gib dich mit dem kleineren Übel zufrieden und wandere zweimal im Jahr. Bis jetzt hast du es ja immer überlebt."

„Mensch, legt doch mal 'nen Gang mehr ein, ihr lahmen Enten", ruft Bastian. „Sonst erreicht ihr Diekhusen vor Sonnenuntergang nicht mehr."

„Du hast gut reden, du mit deinen langen Beinen", empört sich Heike. „Während ich drei Schritte machen muss, brauchst du nur einen zu tun. Ich muss also dreimal so viel laufen wie du."

Vor dieser Logik muss sich Bastian geschlagen geben. Wenigstens bequemt Heike sich nun, etwas schneller zu gehen, sodass wir Frau Maak einholen. Wir laufen über den nassen Sand. Der ist schön fest, und wir sinken nicht so tief ein. Bastian wartet auf uns und flüstert mit Verschwörermiene: „Hoffentlich entdecken die unseren Ausguck nicht."

Das ist auch meine geheime Sorge. Mit bangen Blicken verfolge ich die Bewegungen der Jungen und Mädchen. Einige toben ausgelassen unter den Weiden umher. Nicht auszudenken, wenn sie dabei unseren Ausguck erspähen würden. Schließlich ist dort unser geheimer Treffpunkt, und ein Versteck, von dem alle wissen, ist ja nicht mehr geheim.

Als wir uns der dicksten Weide nähern, die nahe am Schilf steht, bekomme ich richtig Herzklopfen. Auch Heike schnauft unwillkürlich leiser. Verstohlen spähe ich in das dichte Blattwerk hinauf. Meine scharfen Augen entdecken natürlich sofort ein Stück der Plattform, die zwischen den Blättern hindurchschimmert. Zum Glück haben wir die Strickleiter wie immer sorgfältig hochgezogen.

Erschrocken halte ich die Luft an, als drei der Jungen ausgerechnet um unsere Weide herum Fangen spielen. Arglos springen sie um den dicken Stamm, ohne zu ahnen, dass sich über ihren Köpfen die tollste Baumhöhle befindet, die man sich vorstellen kann.

Frau Maak strebt mit energischen Schritten dem schmalen Pfad zu, der mitten durch den Schilfwald führt und den man nur bei Ebbe mit trockenen Füßen begehen kann. Da trennen sich zum Glück auch die drei Jungen von der Weide und verschwinden lärmend im raschelnden Schilf. Bastian, Heike und ich atmen erleichtert auf.

„Glänzend getarnt unser Ausguck", sagt Bastian zufrieden. Erleichtert folgen wir den anderen durch das Schilf.

„Angenehm riecht es hier gerade nicht", Frau Maak rümpft die Nase. „Eigentlich sollten wir frischen Seewind schnuppern. Aber hier stinkt es nach Moder und Fäulnis." Misstrauisch betrachtet sie die dünnen Rinnsale, die aus dem Schilf zum Wasser hin ablaufen. Die Wellen der Elbe sind schmutzig grau. Direkt am Ufer kann man schon nicht mehr den Grund erkennen. Einige Plastikdosen, ein zerfetzter Schuh, ein undefinierbares Stück Stoff, das einmal eine blaue Farbe hatte und ein Hemd gewesen sein könnte, und ein Kanister hat das ablaufende Wasser im Sand zurückgelassen.

„Es ist doch unverantwortlich von den Leuten, all ihr Gerümpel in den Fluss zu werfen“, empört sich Frau Maak. „Seht euch nur diesen Müll an.“

Wir scharen uns wie ein Häuflein Küken um sie und betrachten den Kanister. Der Verschluss fehlt. Das Wasser, das hinausläuft, schimmert in der Sonne in allen Regenbogenfarben.

„Da war bestimmt Benzin drin“, Bastian streckt schnüffelnd den Kopf vor.

„Es ist doch verboten, Abfälle in den Fluss zu werfen“, ereifert sich Heike. „Trotzdem gibt es immer noch genug Leute, die aus dem Fluss eine immer größere Müllhalde machen.“

Bastian hebt den Kanister auf und nimmt ihn mit. Leider sind die Benzinreste, die sich darin befanden, bereits ausgelaufen.

Ich verstehe auch nicht, warum die Leute alles in die Landschaft werfen“, sagt er kopfschüttelnd. „Mein Vater gibt Altöl immer an der Tankstelle ab.“
„Das ist sehr umweltfreundlich von deinem Vater“, stimmt Frau Maak zu. „Wenn alle Leute so handeln würden, würde die Natur wieder sauberer werden. Leider denken viele Menschen nicht daran, dass sie sich schließlich selbst schädigen, wenn sie die Natur immer mehr mit ihren Abfällen belasten. Erst gestern habe ich in der Zeitung gelesen, dass an der Nordseeküste wieder über fünfzig tote Enten angetrieben sind.“ „Ja.“ Heike ist ausnahmsweise einmal einer Meinung mit Frau Maak. „Mein Vater hat auch davon erzählt. Er meint, die Tiere verwechseln

wahrscheinlich die Ölplacken, die oft kilometerweit im Meer treiben, mit Inseln. Sie wollen dort landen und rutschen dann richtig in den Tod. Wenn sie verzweifelt versuchen ihre Federn mit dem Schnabel vom Öl zu befreien, gelangt es auf diese Weise auch noch in ihren Magen, und sie müssen elendiglich zugrunde gehen", Wir anderen starren Heike schweigend an. Sie hat sich in Eifer geredet und vor Empörung einen roten Kopf bekommen. Heike ist nämlich sehr tierlieb. Sie kann sich fürchterlich aufregen, wenn Tiere durch Nachlässigkeit oder Grausamkeit der Menschen sterben müssen.

„Aber wie kommen die riesigen Mengen Öl ins Meer?“, erkundigt sich ein Mädchen.

„Hast du noch nie etwas von einem Tankerunglück gehört?“, fragte ein Junge zurück. „Doch schon. Aber in der letzten Zeit ist ja zum Glück kein Tankschiff mit einem anderen zusammengestoßen.“

„Mein Vater hat erzählt, dass es immer noch genug verantwortungslose Kapitäne gibt, die, um für ihre Reederei Geld zu sparen, das Altöl ihrer Schiffe einfach in die See laufen lassen“, erkläre ich.

„Aber die Regierung muss doch etwas gegen diese Leute unternehmen“, empört sich ein Junge.

„Mein Vater macht mit dem Zollkreuzer oft Jagd auf Umweltverschmutzer“, berichte ich stolz. „Neuerdings sind sogar Hubschrauber im Einsatz, um die Übeltäter, die heimlich Altöl oder andere Gifte ins Meer laufen lassen, schneller ausfindig zu machen.“

„Und wenn einer erwischt wird? Was geschieht dann, Sabine?“

„Das weiß ich auch nicht genau.“ sage ich. „Die Übeltäter werden zwar mit Geldbußen bestraft, aber mein Vater sagt, das nützt wenig, solange das

Strafgeld immer noch billiger ist als die Kosten für die Entsorgung der Schiffe im Hafen."

„Die Meeresvögel sind nicht nur durch Altöl gefährdet", ruft Heike erregt. „Der Fluss selbst trägt die vielen giftigen Abwässer der Fabriken bis weit in die offene See hinaus. Mit der Nahrung nehmen die Möwen und Enten all die giftigen Stoffe auf. Mein Vater sagt, viele junge Möwen sterben noch im Ei ab, weil sie sich nicht richtig entwickeln können. Wenn das so weitergeht mit der Wasserverschmutzung", setzt sie erbittert hinzu, „gibt es eines Tages überhaupt keine Vögel mehr."

Wir blicken erschrocken zum Himmel auf. Einige Silbermöwen kreisen, schrille Schreie ausstoßend, hoch über unseren Köpfen. Zwei Brandenten fliegen mit weit vorgestrecktem Hals dicht über das Wasser, und ein Sandregenpfeifer trippelt eifrig am Strand entlang und sucht nach Nahrung.

„Ein Himmel ohne Vögel. Furchtbar. Leer und öde. Nicht auszudenken. Richtiger Horror", rufen alle.

„Ja, ja die Umweltverschmutzung ist zu einem großen Problem geworden", sagt Frau Maak bedrückt. „Aber es ist ja schon etwas gewonnen, wenn ihr mehr Verstand zeigt als die Erwachsenen und wisst, dass wir verpflichtet sind, die Natur für alle zu erhalten, die nach uns geboren werden, damit auch sie sich an Wiesen und Wäldern und Flüssen und Tieren erfreuen können und nicht gezwungen sein werden, mit einer Gasmaske herumzulaufen, weil sonst alle vergiftet würden."

„Wie können die Flüsse wieder sauber werden?" frage ich besorgt. „Vor allen Dingen müssen die Fabriken ihre Abwässer klären, damit kein Schmutzwasser mehr in die Flüsse fließt. Als nächstes müsste man die Flüsse entseuchen und Jungfische einsetzen. Das wird ja in einigen Gegenden schon gemacht."

Während wir noch erregt diskutieren, wandert Frau Maak langsam weiter.

„Kinder", ruft sie plötzlich erschrocken. „Jetzt fängt das Vogelsterben schon an den Flüssen an. Hier liegt eine tote Möwe. Ihr Gefieder ist ganz schwarz von Öl."

Nun kommt Leben in Heike. Wenn es um Tiere geht, kennt sie keine Müdigkeit mehr. Sie, die sonst immer die Langsamste ist, langt als erste bei Frau Maak an. Ich folge keuchend. Auf den Steinen des Stacks liegt tatsächlich ein schwarzer, bewegungsloser Körper. Doch zum Glück ist es keine tote Möwe, wie ich auf den ersten Blick erleichtert feststelle.

Heike blinzelt mich an, und ich blinzele Heike an, und dann prusten wir los.

„Was gibt es da zu lachen?", fragt Frau Maak entrüstet. Mir fällt ein, dass Frau Maak, wenn sie ihre Brille nicht trägt, nicht gut sehen kann. „Das ist zum Glück keine tote Möwe, Frau Maak", antworte ich kichernd.

Frau Maak sieht mich missbilligend an, dann holt sie ihre Brille aus der Tasche und setzt sie auf. Nun muss sie genauso lachen wie wir.

Das schwarze Etwas, das sie für eine tote Möwe gehalten hat, rollt sich plötzlich auseinander und entpuppt sich als ein pechschwarzer Kater mit vier weißen Pfoten und nur einem Auge. Er maunzt erfreut, springt auf mich zu und reibt seinen Kopf zärtlich an meinem Bein. Ich nehme ihn auf den Arm. „Hallo, Bandit, wo treibst du dich denn rum?" Ich kraule ihn unter dem Kinn. Das mag er am liebsten.

Genüsslich schließt er das gesunde Auge und fängt an zu schnurren.

„Nein, so was. Ich sehe ja wirklich überhaupt nichts mehr.“ Frau Maak kann sich über ihren Irrtum gar nicht wieder beruhigen. „Ich behalte lieber meine Brille auf, damit mir das nicht noch einmal passiert.“

Limo und schmerzender Zahn

Als wir aus dem Schilf wieder auftauchen und den Sandstreifen überquert haben, erstreckt sich vor uns die lange Mole, die den kleinen Hafen von Diekhusen vor Versandung und vor der Strömung schützt. Ein glänzender Schiffsmast aus Aluminium ragt über die Mauer hinaus. An seiner Spitze weht ein dreieckiger Wimpel in den Landesfarben Schleswig-Holsteins: Blau-Weiß-Rot.

Wir treten dicht an die Kante der Hafenmauer und blicken in das schmutzige Wasser hinunter. Tief unter uns zerrt ein kleines Segelboot an seinen Leinen, die es an der Mole festhalten. Das Boot gehört Heike und Heiko. Neidisch betrachten die Jungen und Mädchen die kleine weiße Jolle. Nur der Dollbord und der Name HAI zu beiden Seiten des Bugs sind dunkelblau angemalt. Den gefährlichen Namen HAI hat das Boot dem Umstand zu verdanken, dass sich Heike und Heiko nicht auf einen Namen einigen konnten. Schließlich entschieden sie sich für die drei Anfangsbuchstaben ihrer Namen und machten aus dem „H“ einfach ein „A“. Heike und Heiko brauchen das Boot so wie andere Kinder ihr Fahrrad, denn sie wohnen auf einer Insel, und wie sollen sie da ohne Boot zu uns nach Diekhusen oder zur Schule kommen?

Auf der gegenüberliegenden Seite des Hafens liegen viele Segelboote dicht beieinander an den Stegen. Die meisten Boote sind groß und schnittig. Gegen sie nimmt sich die HAI klein und bescheiden aus. Aber für uns acht ist sie das schönste und beste Boot der Welt.

„Einfach toll, ein Boot zu haben und auf einer Insel zu wohnen.“ Sehnsüchtig blicken die Jungen und Mädchen zum Bananensand hinüber, der ohne Boot so fern und unerreichbar scheint wie der Nordpol.

„Stellt euch das nicht so toll vor“, ernüchtert Heike sie schnell. „Manchmal ist es ganz schön lästig, auf einer Insel zu wohnen und wegen jeder Kleinigkeit an Land rudern oder segeln zu müssen.

„Kannst du uns nicht mal zur Insel hinübersegeln?“, fragt ein Junge. Heike blickt ihre Mitschüler entgeistert an.

„Wir sind fünfundzwanzig. Da muss ich ja viermal hin und hersegeln, um euch alle auf den Bananensand zu bringen.“

„Nein, nein“, wehrt Frau Maak energisch ab. „Das dauert viel zu lange. Dann verpassen wir garantiert den Bus und müssen nach Glückstadt zurückwandern. Mir macht das ja nicht viel aus, aber ihr mit euren schwachen Beinen . . .“ – sie unterbricht sich.

„Tretet um Himmels willen nicht so nah an die Kante“, ruft sie erschrocken. „Das fehlt noch, dass mir hier einer von euch im Hafen ertrinkt und ich anschließend wegen Vernachlässigung der Aufsichtspflicht belangt werde.“ Das können wir Frau Maak natürlich nicht antun. Folgsam treten wir von der Kante zurück. Ausgerechnet die Maak, die die Natur über alles liebt und jede Gelegenheit zum Wandern nützt, sollte wegen Vernachlässigung der Aufsichtspflicht bestraft werden.

„Kommt zum Café“, lotst uns Frau Maak geschickt vom Hafen fort. „Wir haben noch eine halbe Stunde Zeit, bis der Bus kommt.“

Lärmend rennen wir den Deich hinauf und poltern über den Holzsteg ins Café. Kater Bandit folgt uns etwas langsamer. Vor dem Steg bleibt er unschlüssig stehen. Doch dann schüttelt er unmerklich den Kopf und trottet gemächlich nach Hause.

„Hallo, Mama“, schreit Bastian im Treppenhaus. „Du hast Gäste.“

Tante Almut erscheint mit gerötetem Gesicht, zerzausten Haaren und aufgekrempelten Pullover-Ärmeln. „Entschuldigen Sie mein Aussehen“, sagt sie zu Frau Maak. „Ich war gerade beim Fensterputzen, denn wochentags ist hier wenig los.“

„Hoffentlich stören wir Sie nicht?“, fragt Frau Maak höflich.

„Ach wo, dafür habe ich ja nun mal ein Café.“ Tante Almut setzt sich zu Frau Maak an einen Tisch, und die beiden plaudern so angeregt, dass sie ganz zu vergessen scheinen, wie durstig wir sind.

Als unser ungeduldiges Tischgetrommel keinen Erfolg hat, bequemt sich schließlich Bastian dazu, die begehrten Limoflaschen zu öffnen und nebst Strohhalmen auf den Tresen zu stellen. Ich bringe sie den Kindern auf einem riesigen Tablett an die Tische. Sie reißen mir die Flaschen förmlich aus der Hand, so durstig sind alle.

„Sabine, bring bitte noch ein Selterswasser für Frau Maak“, ruft Tante Almut, um sofort weiter zu schwatzen. „Super machst du das, Sabine“, frotzeln die Jungen. Jetzt, da sie ihre Limo haben, werden sie gleich dreister. „Gibst eine gute Figur ab als Serviererin. Musst nur das Tablett geradehalten.“

„Bäh“, mache ich recht undamenhaft und strecke ihnen die Zunge heraus.

Frau Maak, die uns sonst immer zum Weitergehen drängt, schwatzt noch immer angeregt mit Bastians Mutter. Ihr lautes Reden wird schließlich durch Bastians Ausruf „Der Bus kommt!“, jäh unterbrochen. Diesmal springen die Jungen und Mädchen schnell von ihren Stühlen auf. Die schreckliche Aussicht, den Bus zu verpassen und sechs Kilometer bis zur Kleinstadt wieder zurücklaufen zu müssen, verleiht ihnen ungeahnte Schnelligkeit.

„Gut, dass wir bereits zu Hause sind“, sagt Heike zufrieden. Wir wandeln gemächlich die Treppe hinunter, während Bastian mit langem Gesicht zurückbleibt, um seiner Mutter beim Abräumen zu helfen.

Als wir im Schneckentempo vor der Ligusterhecke unseres Hauses angelangt sind, fährt der Bus an uns vorbei. Hinter den Scheiben erblicken wir die Gesichter der Jungen und Mädchen aus unserer Klasse, die uns vergnügt zuwinken.

„Eigentlich hätte Frau Maak nach Glückstadt zurücklaufen können“, stichelt Heike. „Wundert mich sowieso, dass sie mit dem Bus zurückfährt, bei ihrer Kondition.“

„Wollen wir Su und Flo abholen?“, frage ich und blicke auf meine Armbanduhr. „Der Schulbus muss jeden Moment kommen.“

„Von mir aus.“

Wir schlendern über den Gehweg zur Bushaltestelle, die sich vor Haus Nummer 5 befindet. In Haus Nummer 5 gibt es einen Laden, in dem man alles kaufen kann, was das Herz begehrt. Das bedeutet für uns Kinder: Comics und Lutscher, Bonbons und Eis am Stiel. Heike und ich betrachten das Schaufenster, über dem in schwarzen, schnörkeligen Buchstaben steht: Lebensmittel – Haushaltwaren – Post.

„Sieh mal, auf der Mauer sitzt Mischka." Heike stößt mich an. Ich löse mich von dem Anblick der bunten Lutscher. Mischka ist Kuddels schöne Tigerkatze. Seitdem wir sie aus der Gewalt von Katzenfängern befreit haben, kann Mischka wieder sicher auf dem Mäuerchen sitzen und sich ausgiebig putzen. Bandit hockt neben ihr und beobachtet interessiert jede ihrer Bewegungen.

In der Ferne hören wir Motorenlärm. Der rote, klapprige Schulbus taucht inmitten der endlosen Wiesen auf. Der Bus wird größer und größer, bis er endlich mit quietschenden Bremsen vor der Haltestelle stehenbleibt. Die Tür öffnet sich. Der kleine Flo springt hinaus und bleibt verdutzt vor uns stehen. Flo heißt natürlich nicht Floh, sondern Florian. Aber wir Kinder aus Diekhusen finden, dass der Name Flo besser zu ihm passt; denn obwohl zehn Jahre alt, ist Flo immer noch zwei Zentimeter kleiner als meine Schwester Susanne, die erst acht ist.

„Da staunst du, was?“, grinse ich. Flo schüttelt überrascht seine Locken, um die ihn meine Schwester glühend beneidet. „Wieso seid ihr schon hier? Hattet ihr früher schulfrei?“

„Das Wandern ist der Maak Lust“, singt Heike vielsagend und lässt sich auf die Bank des Schutzhäuschens fallen.

„Seid ihr etwa von Glückstadt bis hierher gewandert?“ Flo staunt. „Du hast es erfasst.“

„Wo sind denn die anderen aus eurer Klasse?“

„Bereits mit dem Bus zurückgefahren. Sag mal, wo steckt Su denn?“ Verwundert blicke ich zu den Busfenstern hinauf. Sonst ist Su immer die erste, die herausspringt.

Bevor Flo antworten kann, quält sich eine kleine Gestalt mühsam die zwei Stufen hinab. Ich blicke ungläubig auf. Das kann doch unmöglich Su sein, die da wie eine alte Oma herbei schleicht, mit hängenden Schultern und eingezogenem Kopf. Su hopst sonst immer wie ein Ball aus dem Bus und hüpft munter wie ein Kreisel um uns herum.

Dünne, strähnige, rotblonde Zöpfe, eine Stupsnase mit Sommersprossen – es ist tatsächlich Su.

„Was ist dir denn über die Leber gelaufen?“ platze ich heraus.

„Hast du 'ne Arbeit verhauen?“, fragt Heike teilnahmsvoll.

Eine danebengegangene Klassenarbeit würde Su nicht viel Kummer machen. Es muss etwas Ernsteres sein, das sie bedrückt.

Sie wirft uns einen gequälten Blick zu und legt die Hand auf ihre rechte Wange. „Zahnschmerzen“, dringt es kaum hörbar aus ihrem Mund.

„Echt?“ Vorsichtshalber frage ich nach, denn Su neigt manchmal zu Übertreibungen.

„Glaubst du vielleicht, ich mach Theater?“, fährt Su mich mit wütend aufblitzenden Augen an.

„Bei dir weiß man das nie so richtig“, verteidige ich mich .

„Su hat wirklich Zahnschmerzen“, steht Flo ihr bei. „In der großen Pause hat sie auch schon furchtbar gestöhnt, trotzdem hat sie noch sechs Sahnebonbons gekaut. Dann hast du selbst schuld, wenn du jetzt Zahnschmerzen hast.“

„Du redest wie Mama, Sabine.“ Su zieht einen Schmollmund und schleicht, ohne uns eines weiteren Blickes zu würdigen, nach Hause.

Flo rückt seinen Ranzen zurecht. „Was habt ihr heute vor?“

Heike und ich zucken die Schultern. „Keine Ahnung. „Du kannst dich nach den Schularbeiten ja mal sehen lassen.“

„Okay, dann bis später.“ Er trottet über den Gehweg davon. Flo wohnt mit seinen Eltern und seinen kleinen Zwillingsschwestern in Haus Nummer 1. Seinem Vater gehört der Campingplatz, der etwas außerhalb direkt am Deich liegt. Während der Ferien und an den Wochenenden herrscht dort Hochbetrieb, denn die meisten Städter, die ein Boot im Hafen liegen haben, besitzen auch einen Wohnwagen, den sie auf dem Campingplatz abgestellt haben. Hier haben wir damals auch das aufregende Erlebnis mit den Schmugglern gehabt.

Heike erhebt sich ächzend von der Bank. „Ich muss wohl auch nach Hause. Schade, heute muss ich ganz allein zur Insel segeln."

„Ich habe eine tolle Idee, Heike. Bleib doch zum Mittag essen bei uns. Mama hat bestimmt nichts dagegen."

Heike strahlt. „Das wäre super."

Ich renne über unsere Auffahrt und klingele an der Haustür Sturm. Mama öffnet. „Da bist du ja endlich", empfängt sie mich. „Mittagessen ist fertig. Oje, meine Sauce brennt an." Sie rennt in die Küche zurück .

„Mama, darf Heike mitessen?", rufe ich ihr nach.

„Natürlich."

„Alles klar", strahle ich Heike an, die langsam über den Plattenweg näher kommt. „Du telefonierst am besten gleich mit deiner Mutter."

„Ich darf bleiben", verkündet sie etwas später vergnügt und lässt sich neben mir auf der Eckbank nieder.

„Sabine, mach mal bitte eine Dose Katzenfutter für Bandit auf", ruft Mama, während sie das Wasser von den Kartoffeln abschüttet. Da miaut es auch schon an der Haustür. Zu den Mahlzeiten findet sich

Bandit immer pünktlich ein. Dafür lässt er sogar seine Freundin Mischka im Stich. Ich öffne die Tür, und sogleich rennt er zu seiner Schüssel.

Bevor er sich jedoch hinsetzt und genussvoll einen Leckerbissen nach dem anderen verspeist, beschnuppert er sein Schüsselessen und schnurrt sogar aus Vorfreude.

Heike, Mama und ich sitzen schon am Tisch und füllen uns die Teller mit Kartoffeln und Gulasch, da taucht Su mit wahrer Leidensmiene auf.

„Ich kann nichts essen“, jammert sie und presst die Hand gegen ihre Wange.

Mitleidig blicke ich sie an. Es scheint ihr wirklich nicht gutzugehen, wenn sie sogar ihr Lieblingsgericht verschmäht.

„So geht's nicht weiter, Su“, sagt Mama. „Ich fahre nachher mit dir in die Stadt zum Zahnarzt.“

„Hast du denn das Auto?“, erkundige ich mich überrascht. Sonst fährt Papa nämlich immer mit dem Wagen zum Glückstädter Hafen, in dem der Zollkreuzer liegt.

Ich habe Papa heute früh zum Schiff gebracht, weil ich in der Stadt etwas erledigen musste und den Wagen brauchte. Um fünf Uhr hat Papa dienstfrei. Wenn du beim Zahnarzt fertig bist, Su, können wir zum Hafen fahren und Papa abholen.“

„Heiko kommt auch gegen vier von Eggebek zurück“, berichtet Heike. „Bin gespannt, wie es ihm in der Jugendherberge gefallen hat.“

Um vier Uhr?“, fragt Mama nachdenklich. „Da kann ich Heiko doch mitbringen, wenn ich sowieso in der Stadt bin. Dann braucht dein Vater nicht extra von der Insel zu kommen, um ihn abzuholen. Ich werde gleich mal bei euch anrufen, Heike.“

„Dürfen Heike und ich auch mit in die Stadt fahren?“, frage ich. „Wir haben sowieso nichts vor."
„Abgemacht“, stimmt Mama zu. „Hoffentlich bricht das Auto nicht zusammen.“
„Aber ins Sprechzimmer kommt ihr nicht mit rein“, zetert Su.
„Wollen wir auch gar nicht. Wir steigen am Marktplatz aus und warten dort auf Heiko.“
„Wie war denn eure Wanderung?“, fragt Mama.
„Erinnern Sie mich bloß nicht daran, Frau Rehder“, seufzt Heike so angewidert, dass sogar Su trotz ihrer Zahnschmerzen lachen muss.

Umweltschutz geht alle an

Heike und ich hocken barfüßig – um unsere wundgelaufenen Füße zu schonen – im Schneidersitz auf dem Teppichboden meines Zimmers, betrachten Poster von Popsängern und hören Musikkassetten.
Husch saust geschäftig um uns herum und sammelt Papierfetzen vom Boden auf, die er säuberlich zu einem Häufchen in Heikes Schuh aufschichtet.
Diesmal brauche ich die Tür meines Zimmers nicht abzuschließen, um mit Heike ungestört zu sein. Su lässt sich nicht blicken. Das ist ein sicheres Zeichen dafür, dass sie tatsächlich Schmerzen hat und sich nicht wohl fühlt. Sonst wäre sie bestimmt schon einige Male bei uns hereingeplatzt, um sich nichts von dem entgehen zu lassen, was wir so machen und miteinander besprechen. Plötzlich ertönt ein vorwurfs-

volles Maunzen, und jemand kratzt energisch draußen an der Tür.

„Du darfst leider nicht herein, Bandit“, ruft Heike. „Husch läuft nämlich im Zimmer rum.“

„Dass du draußen bleiben musst, hast du dir selbst zuzuschreiben“, rufe ich dem Kater zu. „Warum versuchst du auch jedes Mal, den armen Goldhamster zu fangen?“

Bandit miaut kläglich und kratzt noch eine Weile. Aber da wir hartnäckig bleiben und nicht öffnen, gibt er bald auf.

Ich zeige Heike gerade meine neuesten Zeichnungen, für die ich noch einen freien Platz an der Wand suche, als wir erschrocken zusammenfahren. Jemand schlägt wild gegen die Tür. Dann wird die Tür ungestüm aufgerissen, und Bastian stürzt herein.

Mit triumphierend erhobenem Kopf schlüpft Bandit rasch zwischen Bastians Beinen hindurch. Als er den Goldhamster in Heikes Schuh erspäht, wird er sofort vom Jagdfieber gepackt. Er duckt sich zum Sprung.

Heike schreit entsetzt auf und ergreift instinktiv den Schuh. Keine Sekunde zu früh, denn schon schnellt Bandit wie ein Pfeil durch die Luft, und seine scharfen Krallen haken sich an der Stelle des Teppichbodens fest, an der eben noch der Schuh stand. Enttäuscht blickt er der entschwindenden Beute nach, die im Schuh hoch über ihm schwebt.

„Idiot“, schnauze ich Bastian an, der ganz verdattert an der Tür stehengeblieben ist. „Beinahe hätte Bandit den Hamster erwischt. Konntest du Blödmann denn nicht anklopfen?“

„Habe ich doch“, verteidigt sich Bastian.

„Das nützt wenig, wenn du gleichzeitig mit dem Anklopfen ins Zimmer fällst."

„Ich konnte ja nicht wissen, dass Heike und Husch hier geblieben sind. Ich dachte, die sind schon lange auf der Insel."

„Denken soll man Pferden überlassen", sage ich von oben herab.

„Das musst ausgerechnet du sagen, Sabine", Bastian ist wütend.

Kein Wunder, dass er sich angegriffen fühlt, denn schließlich ist er in der Schule ein Super-Ass und schreibt nur Einsen und Zweien, ohne viel dafür büffeln zu müssen. Wie er das schafft, habe ich bisher leider noch nicht herausgefunden.

Regt euch nicht auf", beruhigt uns Heike. „Es ist ja nichts passiert." Sie verstaut ihren Liebling unter ihrem T-Shirt.

„Was willst du denn, Bastian?", erkundige ich mich.

„Ich komme eben vom Zeitungaustragen zurück. Das heißt, zu drei Bauernhöfen und zur alten Mühle muss ich noch. Wollen wir uns in etwa einer halben Stunde am Ausguck treffen?"

„Geht nicht. Su muss gleich mit Mama zum Zaharzt."

„Heike und ich wollen mitfahren und Heiko am Marktplatz treffen."

„Klasse. Ich komme auch mit."

„Da musst du Mama fragen, ob sie dich mitnimmt."

„Heike, Sabine, ich will gleich losfahren", ruft Mama in diesem Augenblick.

Wir rennen aus dem Zimmer. Bandit nutzt die Gelegenheit, er springt auf mein Bett, und rollt sich zu einem gemütlichen Schläfchen zusammen. „Tante Uta", schreit Bastian auf der Treppe. „Kann ich auch mitfahren?" „Du auch noch?", fragt Mama gedehnt, während sie ihre Fahrzeugpapiere in die Handtasche stopft. „Dann müsst ihr euch auf der Rückfahrt aber eng zusammenquetschen."

„Das macht nichts. Darf ich mit?"

„Ja, aber ich fahre gleich los. Su sitzt bereits im Auto."

„Bin sofort zurück. Ich bringe nur rasch mein Fahrrad nach Hause. Sabine, hier ist eure Zeitung."

Er wirft mir ein Exemplar der Nordischen Rundschau zu und prescht auf seinem Rennrad um die Ecke. Die Zeitung fliegt an mir vorbei. Ärgerlich sammele ich die einzelnen Blätter von der Auffahrt.

„Zwischen den Dahlien liegt noch ein grüner Zettel." Heike bückt sich. „Er ist aus der Zeitung geflattert." „Was steht denn drauf?" fragt Mama, die gerade die Haustür abschließt. Heike liest laut vor: „Umweltschutz geht alle an. Bitte keine Farb- und Lackreste, Säuren, Altöle usw. in die Mülltonnen werfen. Kostenlose Abnahme von Problemabfällen in Glückstadt am Markt in der Zeit von 14.00 bis 18.00 Uhr."

„Das trifft sich gut", ruft Mama. „Sabine, hol doch bitte die leeren Farbdosen aus der Garage. Die könnt ihr nachher dort abgeben." Mama verschwindet noch einmal im Haus.

Als ich die Dosen in einer Plastiktüte verstaut habe, taucht Flos blonder Lockenkopf hinter der Hecke auf.

„Wollt ihr wegfahren?" Er macht ein enttäuschtes Gesicht, als er sieht, wie Heike und ich in den Wagen klettern. „Los, steig' halt auch ein", seufzt Mama resigniert. „Auf einen mehr oder weniger kommt es jetzt auch nicht mehr an."

Ich lege die Tüte mit den Dosen auf der Ladefläche

unseres Kombiwagens ab und rücke dichter zu Heike. Freudestrahlend zwängt sich Flo neben mich.

„Warum darf man die Farbdosen nicht einfach in die Mülltonne werfen?“, erkundigt sich Su, nachdem Mama endlich den Sicherheitsgurt angelegt hat und den Zündschlüssel ins Schloss steckt.

„Weil all diese Gifte auf die Müllhalde gelangen“, erklärt Mama. „Von dort wandern sie weiter in den Boden und verseuchen das Grundwasser.“

„So ein Klecks Farbe kann doch nicht viel schaden.“

„Ein Klecks natürlich nicht. Aber wenn jeder seine Farbreste und das Altöl auf die Müllhalden wirft, ergibt das eine ungeheure Menge an Giftstoffen. Deshalb ist es wichtig, dass jeder einzelne seine Problemabfälle, die es im Haushalt gibt, abliefert.“

„Und wo bleiben die Farbdosen, die Sabine am Markt abgeben soll?“ „Die werden dann sachgerecht vernichtet, damit sie keinen Schaden in der Natur anrichten können.“

Mama gibt Gas und fährt rückwärts von der Auffahrt. Mitten auf der Straße steht Bastian. Er schwenkt vier Zeitungen in der Hand. Mama hält an, und Bastian schwingt sich auf den Beifahrersitz.

Tante Uta, bist du so nett und hältst kurz an der alten Mühle und an den Bauernhöfen an? Ich springe nur rasch raus und werfe die Zeitung in den Kasten.“

„Halt kurz an, ist gut, Bastian“, sagt Mama verdutzt. „An der alten Mühle und an den Bauernhöfen komme ich gar nicht vorbei. Da muss ich ja einen Riesenumweg fahren.“

„Mit dem Auto ist das doch ein Klacks“, bittet Bastian. „Also gut, ausnahmsweise. Aber das sage ich dir, noch einmal legst du mich nicht rein.“ Bastian lehnt sich zufrieden ins Polster zurück. Auf diese Weise hat er sich einige Kilometer Gestrampel auf dem Fahrrad erspart. Stattdessen kurven wir kreuz und quer auf schmalen Fahrspuren durch die grünen Marschen, vorbei an grasenden Kühen. Das Land ist in regelmäßigem Abstand von Abwässergräben durchzogen und so flach wie ein Pfannkuchen. Ab und zu taucht eine Baumgruppe auf, hinter der sich das reetgedeckte Dach eines Bauernhauses verbirgt. Dann springt Bastian rasch aus dem Auto, um seine Zeitung in den Briefkasten zu werfen.

Endlich erreichen wir die Stadt. Mama lässt uns am Marktplatz aus dem Auto. „Wartet“, ruft sie, als ich gerade die Autotür zuschlagen will; sie zieht eine kleine Plastiktüte aus ihrem Einkaufskorb. „Hier habe ich alte, noch nicht aufgebrauchte Medikamente. Gebt sie bitte in der Apotheke ab. Medikamente darf man auch nicht in die Mülltonne werfen.“

„Okay. Nur Mut“, rufe ich Su zu. „Einige Zähne lässt der Zahnarzt bestimmt drin, damit du weiter Bonbons kauen kannst.“

„Alte Ziege“, flüstert Su mit kraftloser Stimme. Nun tut sie mir wirklich leid, und ich winke ihr tröstend nach, als der Kombiwagen davonfährt. Wir schlendern über den Marktplatz, geben die Farbdosen an der Sammelstelle ab und streben auf die Apotheke zu.

„Na, was soll's denn sein?“, fragt der Apotheker in seinem weißen Kittel. Ich reiche ihm die Tüte. „Wir wollen alte Medikamente abgeben.“ „In Ordnung“, nickt der Apotheker und nimmt die Tüte in Empfang. „Vielen Dank!“

Bastian blickt sich missmutig um, als wir wieder

auf der Straße stehen. Er langweilt sich. „Heikos Bus kommt frühestens in einer Stunde“, sage ich zu den anderen. Wir schlendern durch eine der Gassen an alten, spitzgiebeligen Häusern vorbei. In einer Seitenstraße entdecken wir einen Mann, der laut pfeifend einen Zaun mit grüner Farbe anstreicht. Plötzlich nimmt er die Dose und öffnet den Deckel der Mülltonne.

„Stopp“, ruft Bastian und hält ihm den grünen Zettel unter die Nase. „Umweltschutz geht alle an. Hier, lesen Sie mal. Farbreste gehören nicht in die Mülltonne.“ „Ach verschwindet, ihr Besserwisser“, knurrt der Mann richtig ungehalten.

„Was Sie da tun, ist unverantwortlich“, rufe ich absichtlich so laut, dass sich einige Neugierige um uns sammeln.

„Heute hat's in der Zeitung gestanden. Jeder muss etwas für eine gesunde Umwelt tun.“

„Die Kinder haben ganz recht“, sagt eine alte Frau. „Es gibt Sammelstellen für besondere Abfälle.“

Der Mann ist verblüfft. „Nun machen Sie aber mal 'nen Punkt, Oma. Ich höre wohl nicht recht.“

„Doch“, fährt die alte Dame unerschütterlich fort. „Es stimmt. Wenn Sie Gifte in die Mülltonne werfen, schädigen Sie alle Menschen, die ganze Umwelt. Sie sollten die Kinder nicht beschimpfen, sondern dankbar sein, dass sie mit offenen Augen durch die Welt gehen. Sie wollen nur helfen.“

Als die anderen Umstehenden beifällig murmeln, fischt der Mann widerwillig die Dose aus der Mülltonne. Er drückt sie Flo in die Hand. „Hier nehmt die verflixte Dose und gebt sie am Marktplatz ab. Mir ist's egal.“

Die alte Frau zieht ihr Portemonnaie aus der Tasche und gibt jedem von uns einen Euro. Wir sind begeistert. „Kauft euch ein Eis dafür und haltet die Augen weiterhin offen“, sagt sie lächelnd.

Strahlend ziehen wir ab.

„So kann es weitergehen“, rufe ich vergnügt. „Wollen wir noch nach anderen Umweltsündern Ausschau halten?“

„Ohne mich!“ Heike zieht protestierend das rechte Bein nach. „Mir reicht das Herumlaufen für heute. Ich gehe jetzt in das italienische Eis-Café und hole mir für meinen Euro ein schönes Eis.“ So kommt es, dass wir genießerisch an unserer Eiswaffel lutschend auf dem Bordstein sitzen, als ein eleganter, blauweißer Reisebus auf den Marktplatz fährt und in unserer Nähe hält. „Heiko kommt“, meldet Flo sich lautstark und springt auf.

Heikos Erlebnisse

Eine lärmende Schar Jungen und Mädchen quillt aus dem Bus, vor dem die wartenden Eltern stehen, um ihre Kinder mit Hallo in Empfang zu nehmen. Wir machen lange Giraffenhälse. Endlich entdecken wir Heikos rundes Gesicht in all dem aufgeregten Durcheinander. Er hat uns bereits erspäht und kämpft sich grinsend zu uns durch.

„Hallo, Schwester. Sabine, Bastian und Flo, ihr seid auch da? Mensch, ist das aber ein großer Empfang. Nur Su und Bandit fehlen noch.“ „Su ist beim Zahnarzt“, erklärt Flo. „Du liebe Güte. Aber wo steckt

Papa? Oder seid ihr etwa mit der HAI hergesegelt, um mich abzuholen?“

„Mach mal eine Sekunde Pause, Heiko. So viele Fragen auf einmal kann ja keiner beantworten.“

Während wir ihm unsere Anwesenheit erklären, zaubert Heiko eine riesige Kaugummiblase durch seine Zahnlücke, die mit einem lauten Knall zerplatzt. „Wie war's in Eggebek?“

„Große Superklasse“, schwärmt Heiko. „Eggebek hat natürlich ein paar Häuser mehr als Diekhusen und sogar eine Kirche. Allerdings gibt es dort keine saftigen Wiesen wie hier bei uns, sondern nur sandige Geest.“

„Wieso?“ fragt Flo mit großen Augen. „Weil der Sand von der letzten Eiszeit dort hängengeblieben ist.“ „Echt?“, staunt Flo.

„Ja. Riesige Gletscher, viel größer als in den Alpen, zogen damals von Skandinavien über das Land. Sie führten eine Menge Steine und Sand mit sich. Als das Eis schmolz blieben die Steine liegen, aber der Sand wurde mit dem Wasser weggeschwemmt. So ist die sandige Geest entstanden. In der Steinzeit müssen dort bereits Menschen gewohnt haben. Wir haben nämlich riesige Hünengräber gesehen.“

Überwältigt von so viel Wissen, starren wir Heiko sprachlos an. Nicht einmal Bastian hätte diesen naturwissenschaftlichen Vortrag besser halten können.

„Es geschehen noch Zeichen und Wunder“, ruft Heike fassungslos und staunt ihren Bruder an. „Bist du etwa nach Eggebek gefahren, um dort Erdkunde zu büffeln?“

Wir anderen können uns ebenfalls nicht genug über Heikos plötzliche Kenntnisse wundern. Wenn es irgendwie geht, schiebt er sonst alles, was nach

Schule und Lernen riecht, weit von sich. Seiner Meinung nach genügt es vollkommen, wenn er Traktor fahren und mit der Jolle segeln kann.

„Quatsch", grummelt Heiko. „Die Sachen hat uns unser Lehrer so nebenbei erzählt."

„Da hast du aber eine Menge behalten." Bastian grinst. Heiko sucht seine Siebensachen unter den vielen Gepäckstücken zusammen und verabschiedet sich von seinem Lehrer.

„So, gleich können wir loszischen. Bastian, trägst du den Schlafsack?" „Wenn's unbedingt sein muss", brummt Bastian und klemmt sich den zusammengerollten Schlafsack unter den Arm.

„Heike, du kannst den Rucksack nehmen. Sabine, hier ist der Kassettenrecorder. Lass ihn bloß nicht fallen. Flo, du kannst dir das Fernglas umhängen."

„Trägst du selbst vielleicht auch etwas?" fragt Heike spitz. „Klar", grinst Heiko vergnügt. „Ich trage das Kaugummipäckchen." Übermütig schwenkt er das Päckchen hin und her.

So ziehen wir beladen zum Hafen. Heiko, der gewöhnlich ziemlich mundfaul ist, ist kaum wiederzuerkennen. Er beschreibt uns die Landschaft um Eggebek in leuchtenden Farben. Als wir endlich am Hafen ankommen, sind wir beinahe überzeugt, dass wir in der falschen Gegend wohnen und unbedingt nach Eggebek umziehen müssen.

„Und jede Menge Wald gibt es dort", schwärmt Heiko.

„Nicht nur so ein paar mickerige Bäume wie hier in der Marsch, sondern dichte Wälder. Dort kann man toll Indianer spielen."

„Gibt es da auch einen Fluss?", fragt Flo beeindruckt. „Klar, die Treene."

„Warum sagst du Träne zu mir?“ Flo ist ein bisschen beleidigt. „Mensch, ich meine doch nicht dich. Der Fluss heißt Treene, Trene mit einem e und nicht mit ä.“
„Mit zwei e“, verbessert Bastian.

„Von mir aus mit zwei e. Die Treene ist allerdings mehr ein Bächlein“, gibt Heiko zu. „Höchstens sechs oder acht Meter breit. Mit der Elbe ist sie natürlich nicht zu vergleichen.“ Ein wenig ärgere ich mich, dass Heiko so von Eggebek schwärmt. Er hat ja nichts anderes mehr im Kopf, dabei ist es meiner

Meinung nach in Diekhusen viel schöner. „Wenn es dort so toll ist, kannst du ja umziehen und uns die HAI schenken“, murre ich.

Heiko bleibt wie angewurzelt stehen. „Bist du verrückt? Meine Segeljolle verschenken? Du hast wohl nicht mehr alle. Außerdem gehört sie Heike mit.“

„Auf dem kleinen Bach brauchst du doch kein Boot“, sage ich. „Da kannst du zur Not auch rüber springen.“

„Wer sagt denn, dass ich dort wohnen möchte?“ fährt Heiko mich an. „Hier am großen Fluss ist es natürlich interessanter.“

Seine Augen leuchten auf, als er zwei alte Schuten und einen Fischkutter im Hafenbecken liegen sieht. Wir stiefeln an der Schleuse vorbei zum Anlegesteg des Zollkreuzers. Der Platz ist noch leer. Wir setzen uns auf das Geländer und schauen auf den breiten Fluss, der dem Meer zufließt. Flo wirft Heiko von der Seite bewundernde Blicke zu. Er überlegt, was Heiko wohl so Interessantes erlebt hat.

„War euer Lehrer nett?“, erkundigt er sich neugierig. „Oh, der ist schwer in Ordnung“, erzählt Heiko. „Er hat mit uns Fußball gespielt und Bowling. Und wenn wir nachts in der Jugendherberge herumgegeistert sind, um die Mädchen zu erschrecken, hat er nicht gemotzt, sondern so getan, als ob er nichts merkte.“

„Da kann man ja direkt neidisch werden“, sagt Heike. „Ich habe von unserem Wandertag nur wehe, kaputte Füße. Du hast wenigstens was erlebt.“

„Oh, das Tollste kommt ja noch“, ruft Heiko begeistert und schlenkert wild mit den Beinen. „In der zweiten Nacht haben wir eine Nachtwanderung gemacht. Unser Lehrer sagte, er kennt dort in der Gegend jeden Baum und jeden Stein. Na, Pustekuchen. Total verlaufen haben wir uns."

„Im dunklen Wald?" Flo reißt die Augen erwartungsvoll auf. „Ja, nicht mal der Mond schien, stockfinster war's. Aber das war ja gerade spannend. Gut, dass wir alle Taschenlampen mit hatten. Aber auch damit sind wir noch oft genug gegen Bäume gerannt. Und unheimlich war's, kann ich euch flüstern, andauernd raschelte und knackte es im Gebüsch, und die Käuzchen riefen." Flo schüttelt sich. „Habt ihr auch Räuber getroffen?"

„Räuber? Nee, leider nicht, aber auch ohne Räuber war's unheimlich genug. So eine Nachtwanderung müssen wir auch mal machen." Heiko ist ganz begeistert.

„Hier gibt es doch keinen Wald", erinnert Bastian ihn. „Wo willst du die vielen Bäume zum Verlaufen her nehmen?"

„Dann wandern wir eben am Fluss entlang." Heiko lässt sich nicht von seiner Idee abbringen. „Das ist zwar nicht so abenteuerlich, aber besser als gar nichts."

Ein Glück, dass der grüne Zollkreuzer in diesem Moment in die Hafeneinfahrt einbiegt, sonst hätte Heiko noch endlos weitergeredet. Er springt aufgeregt vom Geländer und winkt den Männern an Bord zu. Plötzlich kann er es vor Ungeduld kaum noch aushalten, seine Jolle und die Insel wiederzusehen.

Als Papa an Land springt, taucht auch unser Kombiwagen auf der Mole auf. Kaum hält der Wagen, springt Su heraus und läuft auf uns zu. Eifrig schwenkt sie eine Plastiktüte in der Hand.

„Na, hast du es überlebt?", fragen wir teilnahmsvoll. „In meinem Backenzahn war ein Riesenloch", ruft Su laut. „Mindestens so groß." Sie deutet mit den Händen einen Kreis an, der so groß wie ein Fußball ist. „So einen großen Mund hast du ja gar nicht", sage ich belustigt.

„Hat der Zahnarzt gebohrt?", erkundigt sich Flo.

„Ja. Aber es tat überhaupt nicht weh, es hat nur ein kleines bisschen gepiekt."

Neugierig betrachte ich die Tüte, die Su in der Hand hält: „Was ist drin?"

„Eine Strampelhose für meine Babypuppe Gerapita." Stolz zeigt sie uns die rote Nickyhose mit einer großen gelben, aufgestickten Katze in der Mitte. „Die hat Mama mir gekauft, als Belohnung, weil ich so tapfer war."

„Du hast bestimmt wie am Spieß geschrien", ziehe ich sie auf. „Mama, habe ich geschrien?"

Wütend stampft meine kleine Schwester mit dem Fuß auf. Daran merke ich, dass Su wieder in Ordnung ist und keine Schmerzen mehr hat .

„Nein", beruhigt Mama sie. „Du hast nicht geschrien. Und du kannst aufhören, Su immer zu ärgern", fügt sie mit einem vorwurfsvollen Blick auf mich hinzu.

Su hüpft über den Steg zu Papa, um ihm ihre Erlebnisse beim Zahnarzt zu erzählen. Papa staunt, als er uns alle auf der Mole versammelt sieht.

„Sag mal, Uta, passen wir denn alle in den Wagen?" Mama betrachtet uns erschrocken. „Zwei Erwachsene und sechs Kinder." „Und ein Goldhamster", fügt Heike hinzu. „Und mein ganzes Gepäck", ruft Heiko. „Ach, du je", sagt Mama und lacht.

„Wir sind gut hergekommen, allerdings fehlten da auch Heiko und du, Ulf."

Schließlich finden wir doch alle einen Platz. Su

und Flo, die beiden Kleinsten, zwängen sich zwischen Heikos Gepäck auf die Ladefläche. Heike, Heiko, Bastian und ich quetschen uns auf den Rücksitz, während Papa sich vorn auf den Beifahrersitz setzt. „Geht es?“ Mama blickt fragend in den Rückspiegel. „Alles okay“, rufen wir.

Zum Glück ist es nicht weit bis Diekhusen. Die Häuser der Stadt bleiben rasch hinter uns zurück. Die grüne Marsch umgibt uns. Rechts erstreckt sich der Deich, über den wir heute Vormittag zu Fuß marschiert sind. Mama atmet erleichtert auf, als sie den Wagen auf unserer Auffahrt zum Halten bringt.

Wir begleiten Heike und Heiko noch zum Hafen. Inzwischen hat die Flut ihren Höchststand erreicht. Mit dem steigenden Wasser ist die Jolle immer höher zur Hafenmauer emporgekommen, sodass Heike und Heiko bequem von der Mole aus ins Boot steigen können. Wir reichen ihnen Schlafsack, Kassettenrecorder, Rucksack und Fernglas zu. Heike kramt zwei leuchtendorange Schwimmwesten hervor. Die Schwimmwesten müssen wir immer tragen, wenn wir mit dem Boot unterwegs sind, da die Elbe gefährliche Strudel und Strömungen hat.

Ich hätte auch mal wieder Lust auf eine Segelpartie“, rufe ich. „Morgen“, tröstet Heiko. „Wir können uns ja nach der Schule am Ausguck treffen. Um drei Uhr?“

„Okay.“ Wir nicken.

„Bastian löst das Tau vom Poller und wirft es ins Boot. Heiko rollt das Tau ordentlich zusammen, während Heike das Großsegel am Mast hochzieht. Es flattert ein paarmal wild, dann füllt es sich mit Wind. Heiko hält mit der einen Hand die Schot und mit der anderen die Pinne. Ungestüm wie ein junges Fohlen hüpft die HAI über die Wellen. Sie wird kleiner und kleiner, bis sie drüben am Steg des Bananensandes festmacht. Die Sonne steht schon tief über dem Fluss und verschwindet als roter Ball hinter einigen Wolkenbänken. Es ist kein Sommer mehr, und es wird früher dunkel. Von Nordwesten fegt ein frischer Windstoß heran, der weiße Schaumköpfe auf die Wellen zaubert und uns fröstelnd zusammenfahren lässt. Zwei Enten fliegen ein wenig verspätet dem Land zu, um sich einen sicheren Schlafplatz zu suchen. Ich schnuppere. Der Wind riecht nach Salz und Tang. Er bringt den Geruch vom nahen Meer mit. Flo stopft seine kalten Hände in die Hosentaschen.

„Ich muss nach Hause", sagt er. Wir schlendern zusammen den Deich hinauf. Bastian verlässt uns am Café. Beim nächsten Haus bleiben Su und ich stehen.

„Tschüs, bis morgen", rufen wir Flo zu, der allein über die Deichkrone weiterläuft. Wir rennen den Deich hinab in unseren Garten. Bandit sitzt auf der Terrassenstufe. Su nimmt ihn auf den Arm und setzt sich mit ihm auf die Schaukel, die im Apfelbaum hängt.

„Wir sitzen jetzt im Karussell, und es dreht sich rasend schnell", reimt sie übermütig.

Zunächst hält Bandit still. Als aber das Schaukeln immer wilder wird, springt er mit einem Riesensatz von Sus Schoß und trottet mit mir über die Terrasse.

Im Wohnzimmer brennt bereits Licht. Papa sitzt im Sessel und liest die Zeitung. Ich ziehe meine Schuhe aus, nehme sie in die Hand und schlüpfe auf Strümpfen ins Zimmer.

Papa blickt unwillig auf. „Mach die Tür zu", brummt er. „Es wird kalt."

„Hast du uns heute Morgen am Deich gesehen?“, erkundige ich mich.

„Ja, das war ja die reinste Völkerwanderung. Hat es Spaß gemacht?“

„Spaß? Na, ich weiß nicht. Wir haben ein paar Plastikdosen, einen Schuh, einen großen Stofffetzen und einen Kanister am Strand gefunden; außerdem habe ich eine Blase am Zeh.“

„Das sind ja nicht gerade überwältigende Erlebnisse“, sagt Papa und vergräbt sich wieder hinter seiner Zeitung. Nach dem Abendessen ziehe ich mich in mein Giebelzimmer zurück, packe meine Schultasche und krame noch ein wenig herum. Ich nehme eine von meinen vielen Zeichnungen von der Wand, weil ich sie durch eine andere ersetzen will. Mindestens zehn Minuten suche ich nach der Schachtel mit den Pinnadeln, bis mir endlich die Erleuchtung kommt, Su zu fragen.

Ich stürme in das gegenüberliegende Zimmer. Su liegt bereits im Bett. Neben ihr liegt ihre Puppe Gerapita in der neuen Strampelhose und auf der anderen Seite ein zotteliges Wesen, von dem man nicht weiß, ob es ei1: Teddybär oder ein Hase sein soll. Ich finde das Kuscheltier scheußlich, aber Su liebt es heiß und innig.

„Stör mich nicht, ich schlafe“, sagt Su und schließt die Augen. „Wenn du schläfst, kannst du ja nicht sprechen. Hast du meine Pinnadeln geklaut?“

„Pinnadeln?“, fragt Su gedehnt. „Meinst du die Nadeln mit den bunten Köpfen?“

„Genau, die meine ich.“

„Ich habe einige gebraucht, um meinen Stundenplan anzupinnen. Die müssen irgendwo auf dem Schreibtisch liegen.“ „Vielleicht fragst du das nächste Mal, bevor du dir einfach Sachen aus meinem Zimmer holst."

„Du warst ja nicht da", sagt Su schnippisch. „Außerdem bringt man ausgeliehene Sachen zurück", ereifere ich mich.

„Stell dich nicht so an", gähnt Su ungerührt und dreht sich auf die andere Seite.

„Verschwinde, ich will schlafen."

„Auf dem Schreibtisch sind die Nadeln nicht."

„Dann liegen sie vielleicht auf der Fensterbank." Ich schiebe die Gardine zurück. Draußen ist es dunkel. Nur die Straßenlaterne neben unserem Haus wirft ihr Licht über die Hecke. Aus der Dunkelheit blinken von überall her helle Flecke; das ist der Lichtschein von den verstreut liegenden Bauernhöfen. Ich finde die Nadeln tatsächlich auf der Fensterbank und laufe wieder in mein Zimmer hinüber. Hinter diesem Fenster ist es genauso dunkel wie hinter Sus Fenster. Aber ich sehe das Licht der Hafenlaterne, die am Ende der Mole steht. Vom Fluss blinken die roten und grünen Lichter der Leuchttonnen, die den Schiffen die Fahrrinne anzeigen. Der Bananensand hebt sich wie ein schwarzer Strich gegen das etwas hellere Wasser und den Himmel ab. Ein hell erleuchtetes Fenster ist in der Dunkelheit zu sehen. Es ist Heikes Zimmer. Sicher geht Heike auch gerade zu Bett.

Ich ziehe die Gardine zu, kuschele mich behaglich unter meine Decke und knipse das Licht aus. Aus der Feme höre ich das Stampfen schwerer Maschinen, ich weiß, dass es ein Frachter ist. Kurze Zeit später schlagen seine Sogwellen laut klatschend an der Mole an. Ich rolle mich zusammen und schlafe bald ein.

Ein verrückter Vorschlag

Bastian, Su, Bandit und ich tauchen wie Enten aus dem Schilf auf. „Wetten, dass ich zuerst am Ausguck bin!“, ruft Bastian und spurtet los. Su und ich jagen über den schmalen Sandstreifen hinter ihm her. Aber wir holen ihn nicht ein. Bastian erreicht als erster die dicke, alte Weide und hangelt wie ein Affe an einem Ast hinauf. Doch er hat die Rechnung ohne Bandit gemacht. Im Klettern kann es keiner von uns mit dem Kater aufnehmen. Bandit springt am Baumstamm empor und krallt sich mit allen vier Pfoten an der Rinde fest. Wie ein Eichhörnchen klettert er flink am Stamm hoch und erreicht vor Bastian die Plattform .

Su lacht schadenfroh: „Bandit hat gewonnen.“

Bastian steckt sein verschwitztes Gesicht durch die Blätter. „Bandit zählt nicht.“

„Doch“, rufen wir. „Klar zählt er.“

Bastians Gesicht verschwindet, und einen Augenblick später fällt uns eine Strickleiter auf die Köpfe. Su und ich steigen ganz bequem die Leiter hinauf. Unser Ausguck besteht aus einer festen Plattform; als Sitzbänke haben die Jungen zwei Bretter etwas höher angebracht. Es gibt sogar ein Regal, auf dem ein Knäuel Bindfaden, einige Nägel, ein Notizblock mit Kugelschreiber in einem leeren Gurkenglas und drei Dosen Limo liegen. Außer diesen Sachen steht im Moment auch noch Bandit auf dem Regal. Sorgfältig beschnuppert er die Nägel und das Gurkenglas. „Er schnuppert nach Husch“, kichert Su. Das Gurkenglas interessiert Bandit nicht besonders. Er springt zu mir auf den Schoß, rollt sich zusammen und hebt den Kopf. Damit will er mich auffordern, ihn unter dem Kinn zu kraulen. Ich tue ihm den Gefallen. Sofort fängt er behaglich an zu schnurren .

„Wie macht Bandit das bloß?“ staunt Su. „Ich möchte auch schnurren können.“

Wir probieren ebenfalls das Schnurren. Bandit öffnet sein Auge und blickt uns erstaunt an. Außer seltsamen Gurr- und Grunzlauten kommt aus unseren Kehlköpfen nichts heraus. So geben wir die kläglichen Versuche auf, als Heikes und Heikos runde Gesichter über der Plattform erscheinen.

Beide tragen dicke, blaue Rollkragenpullover, an denen unsere Abzeichen stecken, ein viereckiges, blaues Stück Stoff, auf das Heike für jeden von uns eine gelbe Acht gestickt hat. Die blaue Farbe soll den großen Fluss versinnbildlichen und die gelbe Acht den Strand von Diekhusen und vom Bananensand. Na und die Acht, das sind wir natürlich: Heike und Heiko, Flo und Su, Bastian und ich, Bandit und Husch.

Über Heikes Abzeichen befindet sich eine kleine, aufgesetzte Brusttasche an ihrem Pullover. Aus der Tasche lugt das lustige Gesicht des Hamsters. Als seine flinken Äuglein den schwarzen Feind auf meinem Schoß entdecken, verschwindet Husch sofort wieder in der Tasche.

„Ich setze mich lieber nicht neben dich, Sabine“, meint Heike mit einem misstrauischen Blick auf Bandit und lässt sich auf dem anderen Brett nieder. Bandit hört auf zu schnurren und richtet sich erwartungsvoll auf meinem Schoß auf. Er beobachtet Heike eine Weile angespannt. Aber als der Hamster nicht wieder auftaucht, rollt sich Bandit zusammen und schnurrt weiter. „Endlich sind wir wieder alle acht zusammen“, stellt Heike zufrieden fest.

„Stimmt nicht“, ruft Su. „Flo fehlt noch. Hoffentlich hat er über seinen Büchern nicht unsere Verabredung vergessen.“

„Ich vergesse nie was“, sagt da eine beleidigte Stimme unter uns, und Flos Lockenkopf erscheint über der Plattform.

„Doch. Du hast dein Abzeichen vergessen. Ohne Abzeichen darf niemand den Ausguck betreten“, trumpft Su auf, die streng darauf achtet, dass jeder sein Abzeichen ansteckt, wenn wir uns auf dem Ausguck treffen. Sie ist sehr stolz darauf, dass sie zu den Acht vom großen Fluss gehört. Flo schaut betroffen an seinem Anorak hinunter. Dann fährt er mit beiden Händen zugleich in seine Hosentaschen und fördert außer zwei Glasmurmeln, drei krummen Nägeln und einer Brotkruste auch das ein wenig zerknitterte Abzeichen ans Tageslicht. Befriedigt streicht er es mit der Hand glatt und steckt es mit einer Sicherheitsnadel an seine Jacke. „Die Brotkruste ist für Husch“, sagt er.

„Wenn Bandit in der Nähe ist, wagt sich Husch nicht aus meiner Tasche“, meint Heike.

Da steckt Flo die Brotkruste kurzentschlossen in die kleine Tasche an Heikes Pullover, wo Husch sich die Kruste in aller Ruhe schmecken lassen kann. „So, ihr Acht vom großen Fluss“, übernimmt Bastian wie immer das Kommando. „Was wollen wir heute Nachmittag unternehmen? Hat jemand einen brauchbaren Vorschlag? Irgendetwas muss geschehen, das sage ich euch. Ihr seid alle stinklangweilig.“ Das stimmt. Wir wissen alle, dass Bastian recht hat. Wir müssen einfach etwas unternehmen. „Wie wäre es mit einer Nachtwanderung?“, fragt Heiko plötzlich.

Heike hält sich die Ohren zu. „Du nervst ganz schön mit deiner Nachtwanderung“, ruft sie gereizt. „Seitdem du mit deiner Klasse nachts durch die Wälder gestiefelt bist, kennst du kein anderes Thema mehr.“ „Es hat Spaß gemacht, und spannend war es auch“, verteidigt sich Heiko. „Wenn es spannend ist, wollen wir auch eine Nachtwanderung machen“, stimmt Su sofort zu.

„Quatsch“, sagt Heike energisch. „Wie stellt ihr euch das vor? Um nachts zu wandern, muss es schließlich dunkel sein.“ „Um acht ist es bereits stockfinster“, meint Bastian.

„Na und? Was sagen denn eure Eltern dazu, wenn ihr um acht aus dem Haus geht, um in der Finsternis herumzuspazieren? Mama und Papa erlauben es bestimmt nicht, Heiko.“

„Wir schleichen heimlich aus dem Haus“, schlägt Su begeistert vor.

„Und Heike und Heiko?“, überlege ich. „Die müssen doch erst mit der Jolle rüberkommen.“

„Sie können bei uns schlafen. Morgen ist Samstag und keine Schule.“ Su gibt nicht so schnell auf, wenn sie sich etwas in den Kopf gesetzt hat.

Heikos Augen leuchten zustimmend. „Alles klar, ich penne bei Bastian, und Heike kann bei Sabine schlafen“, Plötzlich fällt mir etwas ein. „Vielleicht klappt es tat sächlich mit der Nachtwanderung“, sage ich geheimnisvoll. „Papa hat morgen dienstfrei, und Mama hat beim Mittagessen erzählt, dass sie heute Abend ins Theater wollen. Wenn Heike bei mir schlafen darf, können wir beide ungesehen aus dem Haus kommen.“

„Was heißt hier, wir beide?“, protestiert Su und ballt kampflustig die Fäuste. „Ich komme doch auch mit.“ „Na ja“, sage ich gönnerhaft, „falls du vorher nicht einschläfst.“ Su macht mir eine lange Nase. „Aber wie ist es mit euch beiden, Heiko und Bastian?“ „Kein Problem“, Bastian winkt lässig ab. „Heute ist Freitag, da werden abends viele Gäste im Café sein. Dann merken meine Eltern gar nicht, wenn Heiko und ich heimlich aus dem Fenster klettern.“

„Okay“, stimme ich zu. „Und du, Flo?“

„Ich? Ach . . .“ Flo fährt verlegen durch seine Locken. Ich glaube, ich kann nicht weg. Meine Eltern würden mich bestimmt hören. Unsere Treppe knarrt so laut.“

„Ich habe sie noch nie knarren gehört“, stellt Su überrascht fest.

„Aber nachts knarrt sie“, behauptet Flo steif und fest.

„Sag doch gleich, dass du Angst hast“, stichelt Su, die immer so tut, als ob sie unheimlich mutig sei.

„Habe ich nicht. Wenn ich könnte, würde ich sofort mitgehen. Hier gibt es ja zum Glück keinen Wald, in dem man sich verlaufen kann.“

„Gecheckt. Dann schläfst du eben bei mir“, bestimmt Su kurzerhand. „Ich werde deine Mutter schon rumkriegen.“

Dass Su es mit ihren Überredungskünsten schafft, davon sind wir alle überzeugt. Flo zieht unschlüssig die Nase kraus.

„Du brauchst ja nicht mit, wenn du nicht magst, Flo“, helfe ich ihm.

Flo kaut unschlüssig auf seiner Unterlippe. „Ist so eine Nachtwanderung gefährlich?“

„Quatsch, nicht die Bohne!“ Heiko lacht. „Wenn du nicht im Dunkeln in einen Graben stolperst . . .“

Flo hat sich endlich zu einem Entschluss durchgerungen. „Gut“, sagt er mit fester Stimme. „Wenn ich bei Su schlafen darf, komme ich mit. Ob wir nun am

Tag oder in der Nacht am Fluss entlang wandern, ist ja schließlich egal." Nun hält uns nichts mehr auf dem Ausguck. Bastian läuft mit Heiko zu seiner Mutter. Su rennt mit Flo zu Haus Nummer 1. Nachdem Heike und ich die Strickleiter hochgezogen haben, springen wir in den Sand hinunter und verschwinden im Schilf, das raschelnd über unseren Köpfen zusammenschlägt. Bandit bleibt allein auf dem Ausguck zurück und blinzelt uns erstaunt nach.

Ein Plan nimmt Formen an

„Von mir aus kann Heike gern hier schlafen", stimmt meine Mutter zu. „Papa und ich wollen allerdings heute Abend ins Theater. Wir kommen erst spät zurück."

„Das macht doch nichts", versichere ich eifrig. „Zu dritt ist es nicht so unheimlich im Haus."

„Einverstanden."

„Toll. Du bist die Beste, Mama." Ich umarme sie so stürmisch, dass wir beide beinahe umfallen. Kaum hat Mama sich wieder aufgerappelt, als Su mit Flo hereinstürzt. „Mama, darf Flo heute bei mir schlafen?", sprudelt sie atemlos hervor .

Mama sieht uns argwöhnisch an. „Das habt ihr wohl alles abgesprochen?"

„Wieso?", fragt Su mit Unschuldsaugen. „Wenn Heike bei Sabine schläft, ist es doch nur gerecht, wenn Flo bei mir schlafen darf. Sonst bin ich ganz allein. Die beiden wollen ja immer für sich sein."

„Erlaubt deine Mutter es denn, Florian?“, Flo nickt. „Su hat sie gerade gefragt.“ Mama gibt sich geschlagen. Wenn sie mir erlaubt, dass Heike bei mir schläft, kann sie es Su ja nicht gut verbieten. „Also gut, obwohl es mir gar nicht so recht ist, weil Papa und ich nicht da sind. Macht bloß keinen Unsinn!“ „Auf mich kannst du dich doch verlassen“, sage ich nachdrücklich. „Na, ich weiß nicht so recht.“ Mama sieht mich zweifelnd an und geht aus dem Zimmer.

„Su, du hast es tatsächlich geschafft, Flos Mutter rumzukriegen?“, staunt Heike. Wenn es um ihren lieben Florian geht, stellt sich seine Mutter immer fürchterlich an.

„Klar.“ Su nickt, und listig fügt sie hinzu: „Allerdings habe ich ihr nicht gesagt, dass Mama und Papa heute Abend nicht da sind. Dann hätte sie es nicht erlaubt.“

An der Mole treffen wir wieder mit Bastian und Heiko zusammen. Sie sitzen Rücken an Rücken auf einem Poller und blicken uns erwartungsvoll entgegen. Ihre zufriedenen Gesichter verraten uns schon von weitem, dass sie ebenfalls Erfolg hatten.

„Nun müssen wir nur noch unsere Eltern überzeugen“, grinst Heiko und springt in die Jolle. „Wollt ihr mit?“

„Klar.“ Wir nicken. „Gegen so eine Übermacht kommen sie nicht an.“

Wir behalten recht. Die kleine, rundliche Frau Hansen hat erst ein paar Einwände. Als wir ihr zum zehnten Mal versichert haben, dass unsere Eltern bereits zugestimmt haben, kann sie auch nicht mehr anders als ja sagen.

„Und wer hilft mir morgen beim Stallausmisten?“, fragt Bauer Hansen. „Ach, Papa, das schaffst du doch auch mal allein.“ Heiko grinst.

Während Su und Flo durch ihr wildes Toben auf dem Hof die Hühner erschrecken, sausen wir anderen durch die große, dämmerige Diele die Treppe zu den Schlafzimmern hinauf.

„Hast du den Vogelkäfig noch?“ frage ich Heike und lasse mich auf ihr Bett fallen. „Dann kann Husch wieder darin übernachten.“ „Er steht dort oben auf dem Kleiderschrank. Du kannst ihn schon mal runterholen.“

In fliegender Hast wirft Heike einen Pyjama und eine Zahnbürste in ihre Sporttasche, während ich auf einen Stuhl steige und den Käfig vom Schrank angele.

„Darin musst du heute schlafen, Husch“, erkläre ich dem Hamster, der neugierig den Kopf aus Heikes Tasche steckt. Die Zimmertür wird ungestüm aufgerissen, und Heiko und Bastian poltern herein.

„Beeilt euch, bevor Mama und Papa sich's noch anders überlegen“, drängt Heiko. „Hast du deine Taschenlampe, Heike?“

„Nein. Gut, dass du mich daran erinnerst.“ Sie kramt in ihrem Schreibtisch und wirft die Lampe in die Tasche. „Am besten, ihr nehmt eure Gummistiefel mit, falls wir in einen Graben rutschen sollten“, schlage ich vor.

Übermütig verabschieden wir uns von den Hansens und rufen Su und Flo. Sie machen einen vorsichtigen Bogen um Schäferhund Wotan, der vor seinem Zwinger an einer langen Leine hockt und ihren Sprüngen misstrauisch zu sieht.

„Was willst du denn mit dem Vogelkäfig, Heike?“, fragt Flo verdutzt. „Hast du jetzt auch einen Vogel?“ „Den hat sie schon lange“, kichert Heiko frech.

Heike hört gar nicht hin. „In dem Käfig muss Husch heute Nacht schlafen“, erklärt sie Flo. „Sein richtiger Käfig ist zu groß und zu schwer. Den können wir nicht nach Diekhusen mitschleppen.“

Wir rennen die Warft hinunter. Das ist ein künstlich aufgeschütteter großer Hügel, auf dem der Bauernhof auch bei einer schweren Sturmflut noch trocken und sicher steht. Die HAI schaukelt ungeduldig neben dem großen, breiten Arbeitsboot, das Bauer Hansen gehört, am Steg. Wir klettern mit den Taschen ins Boot. Heiko wirft seine Gummistiefel übermütig hinter uns her. Einer fliegt Bastian an den Kopf, wodurch die beiden beinahe noch Krach miteinander kriegen. Als wir jeder eine orangefarbene Schwimmweste angelegt haben, löse ich das Tau vom Steg. Heiko nimmt als Kapitän gemütlich auf einem Staukasten Platz, hält mit der linken Hand die Pinne und gibt Kommandos. Hier auf dem Boot kennt er sich am besten aus. Da kann ihm nicht einmal Bastian das Wasser reichen.

Heike kniet auf den Bodenbrettern und lässt das Schwert aus dem Schwertkasten. Ich ziehe das Großsegel am Mast hoch, Bastian beeilt sich, das kleinere Focksegel zu setzen. Die Segel blähen sich im Wind und schlagen hin und her; aber nur kurze Zeit: denn schon reißt Heiko die Pinne herum. Das Boot legt sich auf die Seite und schießt vorwärts. Bastian und Heike setzen sich rasch zu Su und Flo auf die Steuerbordbank. Während ich mich gemütlich im Bug ausstrecke.

„Passt auf“, schreit Heiko. „Wir wenden vor dem Wind.“ „Schoten dicht“, kommandiert er kurz darauf und holt die Großschot ein, während Bastian die Fockschot bedient.

Der Wind kommt direkt von achtern. Er hat keine Angriffsfläche mehr. Die Segel fallen schlaff in sich zusammen. Aber schon reißt Heiko das Ruder nach Steuerbord. Der Wind fällt jetzt ungestüm von der anderen Seite in die Segel. „Schoten fieren“, brüllt Heiko. Heike, Bastian, Su und Flo ziehen die Köpfe ein, denn der Großbaum schwingt auf die Seite, auf der sie eben noch saßen. Rasch wechseln sie auf die Backbordbank hinüber.

„Mensch, musst du so hart am Wind segeln?“ fragt Bastian, als sich die HAI beängstigend schräg legt und die Weilen beinahe den Dollbord berühren.

„Kentern wir auch nicht?“, ruft Flo erschrocken und klammert sich ängstlich an Heike fest. „Willst du mich beleidigen?“, kommt Heiko mit einer Gegenfrage statt einer Antwort und schiebt in aller Seelenruhe ein Kaugummi in den Mund. Mir gefällt die wilde Fahrt. Der Rumpf der kleinen Jolle hebt und senkt sich unter mir im Takt der anrollenden Wellen. Manchmal bekomme ich Gischtspritzer ab. Viel zu schnell haben wir den Seitenarm der Elbe überquert und laufen in den kleinen Hafen von Diekhusen ein. „Segel fieren“, kommandiert Heiko lässig.

Die Segel rauschen herab, und augenblicklich wird die Fahrt der HAI gestoppt. Beinahe sanft legen wir an der Mole an. Mit dem Tau in der Hand klettere ich die Eisensprossen in der Mauer hinauf und lege das Tau um einen der großen Poller auf der Mole. Die Sonne verschwindet bereits am Horizont. Ihre letzten rosa Streifen flimmern geheimnisvoll auf den Wellen. Es wird langsam dunkel über dem großen Strom, als wir durch die Lücke im Deich wandern und uns vor Haus Nummer 9 von Bastian und Heiko verabschieden.

„Treffpunkt hier. Punkt zehn Uhr“, erinnert Bastian, bevor er mit Heiko im Haus verschwindet.

Beinahe erwischt

Papa drückt bereits zum zweiten Mal ungeduldig auf die Hupe, als Mama endlich ihren Farbkasten, wie Su ihr Makeup nennt, zuklappt, ein letztes Mal mit dem Lippenstift über die Lippen fährt und in ihren Mantel schlüpft. Su, Flo, Heike und ich springen aufgeregt um sie herum; wir können es kaum abwarten, dass sie endlich das Haus verlässt.

Mama scheint unsere Unruhe zu spüren. Nachdenklich blickt sie uns an. „Ihr habt doch keine Dummheiten vor?"

Ich gebe meiner Stimme einen entrüsteten Klang: „Aber Mama, wie kommst du denn darauf?"

„Beeil dich", drängt Su. „Papa wird ungeduldig." Da erscheint Papa auch schon an der Haustür. „Willst du nun rechtzeitig ins Theater kommen oder nicht, Uta?", fragt er ungeduldig und klappert laut mit den Autoschlüsseln.

„Ich mache mir Sorgen um die Kinder", sagt Mama unschlüssig.

Papa sieht uns der Reihe nach an. Wir bemühen uns, ein möglichst gleichgültiges Gesicht zu machen und uns unsere Aufregung nicht anmerken zu lassen. „Sie sind doch keine Babys mehr", sagt Papa. „Außerdem wohnt deine Schwester gleich nebenan."

„Ich kann nur beruhigt ins Theater gehen, wenn ihr mir versprecht, spätestens um neun ins Bett zu gehen", sagt Mama beschwörend.

Au weia. Das hat uns gerade noch gefehlt. Wir machen lange Gesichter. „Neun ist zu früh", mault Su. „Wir können doch morgen ausschlafen."

„Neun Uhr und keine Minute später. Versprecht ihr mir das?" Uns bleibt nichts anderes übrig, als zu nicken, sonst bringt Mama es noch fertig und bleibt zu Hause. „Okay, wir versprechen es dir."

Mama eilt beruhigt den Plattenweg entlang und steigt zu Papa ins Auto. „Viel Spaß", rufen wir und atmen erleichtert auf, als der Wagen endlich hinter der Liguster-Hecke verschwunden ist. Wir knallen die Haustür zu und versammeln uns im Wohnzimmer. „Nun wird es nichts mit der geplanten Nachtwanderung“, sage ich missmutig.

„Wieso?“, fragt Su erstaunt.

„Weil wir Mama versprochen haben, dass wir um neun zu Bett gehen. Oder willst du dein Versprechen brechen?“

„Natürlich nicht“, Su macht ein schlaues Gesicht und meint pfiffig: „Wir gehen um neun zu Bett, aber dass wir die ganze Nacht drin bleiben, haben wir nicht versprochen. Wir können also ganz einfach um zehn wieder aufstehen." Ich starre meine kleine Schwester verblüfft an.

„Du bist manchmal ganz schön schlau", muss ich ihr wider Willen zugestehen. „Wirklich Klasse."

„Ja, Köpfchen muss man haben." Su kichert. Sie wirft sich der Länge nach auf den Teppich. „Wollen wir Mensch-ärgere-dich-nicht spielen?"

„Nein", wehrt Flo ab. „Das spiele ich nicht mit dir. Wenn du verlierst, wirst du immer gleich giftig."

Ich begreife auch nicht, warum Su ausgerechnet auf dieses Spiel so versessen ist, bei dem sie immer verliert.

„Ich werde bestimmt nicht heulen", verspricht Su. „Wenn ihr mitmacht, schenke ich euch eine Lakritzrolle." Schließlich überredet Su uns doch mitzuspielen. Eifrig breitet sie den Spielplan auf dem Teppich aus. Und wie immer bei Mensch-ärgere-dich-nicht wird Su wütend, als ich eine Fünf würfele und ihren Stein hinauswerfen kann. Alle ihre guten Vorsätze sind vergessen.

„Du bist gemein, Sabine", heult sie.

Ich bin erleichtert, als Bandit plötzlich den wunderbaren Einfall hat, quer über das Spielfeld zu wandern. Dabei wirft er alle Steine um.

„Dummer Kater", schimpft Su. „Nun weiß ich nicht mehr, wo die Steine standen." Da es nun keine Gewinner und keine Verlierer gibt, beruhigt sich Su wieder.

„Nie wieder spiele ich mit dir", rege ich mich noch nachträglich auf. „Ach komm, Flo", drängt Su, die nichts mehr hören mag .

„Wir gehen in mein Zimmer. Ich habe ein spannendes Buch von Oma geschenkt gekriegt. Das kennst du noch nicht." Dieser Lockung kann Flo nicht widerstehen, und so folgt er Su die Treppe hinauf. Er liest nun mal für sein Leben gern, am liebsten Abenteuerbücher. In seiner Phantasie verwandelt er sich dann selbst in den mutigen Helden. Heike und ich machen es uns auf der Couch gemütlich; wir lutschen Sus Lakritzrollen und sehen uns im Fernsehen einen Tierfilm über eine Bärenfamilie in Alaska an. Punkt neun schalten wir den Apparat aus und gehen zu Bett, wie wir es Mama versprochen haben. Das heißt, ich lege mich völlig angekleidet auf mein Bett, während Heike sich auf meinen Schlafsack wirft, der auf der Luftmatratze liegt. Bandit nutzt die Gelegenheit und kuschelt sich schnurrend an mich. Husch bleibt vorsichtshalber in Heikes schützender Tasche.

Draußen vor dem Fenster ist es längst dunkel geworden. Aus dem Zimmer der Kleinen dringt schon seit einiger Zeit kein Laut mehr. Um zehn vor zehn schalte ich den Kassettenrecorder aus. Wir stehen auf und greifen nach unseren Taschenlampen.

„Willst du mit, Bandit?“ Bandit hebt lauschend den Kopf, bleibt aber auf dem warmen Bett liegen. Doch als Heike aus dem Zimmer geht und mit ihr auch Husch verschwindet, überlegt es sich Bandit plötzlich anders und folgt Heike eilig.

„Ich sage eben Su und Flo Bescheid“, rufe ich Heike zu. Als ich Sus Zimmertür öffne, bleibe ich überrascht stehen. Das Zimmer ist hell erleuchtet, die Lampen brennen. Kein Wunder, dass es hier seit längerer Zeit so still ist.

Su liegt schlafend auf dem Bett, in einem Arm ihre Puppe Gerapita und in dem anderen das zottelige Schmusetier. Flo liegt vor ihrem Bett auf der Luftmatratze. Aus dem Schlafsack schauen nur sein wuscheliger Lockenkopf und eine Hand hervor, die ein Buch hält. Er ist beim Lesen eingeschlafen.

„Schau dir das an, Heike“, sage ich leise. „Die Nachtwanderer pennen.“

Heike blickt neugierig durch die Tür. „Sollen wir sie wecken?“, frage ich. „Ach, nein“, meint Heike. „Sie schlafen so süß.“

Behutsam steige ich über Flos Schlafsack und decke Su zu. Sie knurrt im Schlaf, lässt ihre Puppe los und dreht sich auf die Seite. Leise tappe ich aus dem Zimmer und knipse das Licht aus.

Heike erwartet mich bereits in Gummistiefeln und Anorak an der Haustür. Über der Tür brennt die Lampe, die den Plattenweg erleuchtet. Wir spähen vorsichtig zur Straße. Da niemand zu sehen ist, schließe ich rasch die Tür und hänge mir den Schlüssel um den Hals. Schnell huschen wir aus dem Lichtkreis der Lampe. Dicht an die Liguster hecke gedrückt, schleichen wir zu Haus Nummer 9. Bandit folgt uns verwundert. Da er so schwarz ist, kann ich in der Dunkelheit nur ab und zu seine weißen Pfoten sehen. Wenn der Lichtschein einer Straßenlaterne sein Auge trifft, scheint es aufzuglühen. Vor dem Café ist alles erleuchtet. Fünf Autos stehen auf dem kleinen Parkplatz. Aus den Fenstern im ersten Stock dringen Musik und Gelächter.

Wir schleichen zur Rückseite des Gebäudes und bleiben vor Bastians Fenster stehen. Drinnen herrscht tiefe Dunkelheit.

Ob die etwa auch eingepennt sind?“, frage ich enttäuscht. Gerade hebt Heike die Hand, um an die Scheibe zu klopfen, als das Fenster wie von Geisterhand geöffnet wird. Bastian steckt den Kopf heraus und fährt erschrocken zurück, als wir so plötzlich vor ihm stehen. „Mensch, habt ihr mich erschreckt“, flüstert er und steigt aus dem Fenster. Das ist kein Problem, da sein Zimmer zu ebener Erde liegt.

Heiko reicht ihm die Taschenlampe und klettert geschmeidig wie eine Katze hinter Bastian her. Der zieht den Fensterflügel bis auf einen schmalen Spalt zu. „Alles klar?“, wispere ich.

„Ja. Wo sind Su und Flo?“

„Die schlafen fest. Wir wollten sie nicht wecken.“

„Auch gut“, stimmt Bastian zu. „Für die Kleinen ist so eine Nachtwanderung auch zu aufregend.“

Plötzlich wird ein Fenster über uns geöffnet. Gespannt drücken wir uns in den Schatten der Hauswand und halten den Atem an.

„Einen Moment frische Luft, das tut gut“, hören wir Tante Almuts Stimme. Und dann beugt sie sich zu unserem Entsetzen weit aus dem Fenster. Wir kleben wie die Fliegen an der Hauswand und wagen nicht zu atmen. Das fehlte noch, dass sie uns hier aufgereiht wie die Heringe entdecken würde. Das wäre das sichere Ende unserer Nachtwanderung.

Plötzlich wird mir abwechselnd heiß und kalt. Ein ungeheurer Niesreiz überfällt mich. Verzweifelt kämpfe ich dagegen an, halte mir fest die Nase zu. Aber es hilft alles nichts.

„Hatschi!“ Jetzt ist er heraus, und mir ist wohler. Bastian versetzt mir einen wütenden Tritt gegen das Schienbein. Aber ich kann es nun auch nicht mehr ändern. „Nanu, da hat doch jemand geniest. Ist da jemand?“, hören wir Tante Almuts Stimme über uns. Uns wird es trotz der Kühle heiß. „Miau“, macht es da.„Ach, du bist es, Bandit.“ Tante Almut lacht. „Geh lieber nach Hause, sonst holst du dir noch einen Schnupfen.“

„Almut“, hören wir da Onkel Hennings dunkle Stimme. „Die Leute von Tisch vier möchten zahlen.“ „Ich komme.“ Zu unserer Erleichterung verschwindet Tante Almut vom Fenster.

„Das war knapp“, zischt Bastian. „Nichts wie weg!“ Mit zwei Sätzen sind wir in den Büschen verschwunden und in der Dunkelheit vom Haus aus bald nicht mehr zu erkennen. Bandit ist neben mir mitgelaufen. „Du hast uns gerettet, Bandit“, lobe ich den Kater und streiche ihm sanft über den Kopf.

Ein nächtliches Abenteuer

Als wir das Café weit hinter uns zurückgelassen haben, klettern wir auf allen vieren den Deich hinauf und huschen auf der anderen Seite schnell wieder hinunter. Auf der Deichkrone entlangzuwandern, können wir nicht wagen, denn die Diekhusener sind noch wach, und auf dem Deich würden wir uns gegen den etwas helleren Himmel als schwarze Schatten gut abheben. Am nächsten Morgen hätten die Nachbarn bestimmt nichts Eiligeres zu tun, als meinen Eltern zu erzählen, dass wir noch spätabends auf dem Deich umherspaziert sind. Im Hafen ist es dunkel, abgesehen von dem hellen Licht, das am Ende der Mole leuchtet. Wir können die vielen Boote, die an den Stegen vertäut sind, zwar nicht sehen, aber hören. Der Wind weht um die Masten und bringt die Drähte zum Klingen. Fast hört es sich so an, als ob im Hafen viele Glöckchen läuteten. Das gegenüberliegende Ufer ist in der Finsternis eins geworden mit dem Fluss und dem Himmel. Nur die Lichter des großen Chemiewerkes flimmern aus der Ferne schwach herüber. Der Bananensand hebt sich als kaum erkennbarer, dünner, schwarzer Strich von dem etwas helleren Wasser ab. Es ist still auf dem Fluss. Die Wellen glucksen leise um unsere

Stiefelspitzen. Nur die roten und grünen Lichter der Leuchttonnen, die zu beiden Seiten der Fahrrinne im Fluss verankert sind, blinken zuversichtlich durch die Dunkelheit und leiten die Schiffe auch nachts an Untiefen vorbei.

„Hinter dem Bananensand taucht ein Schiff auf", ruft Heiko. In der Finsternis ist kein Schiff zu sehen, Heiko hat es nur an den Positionslampen erkannt. Ich sehe zwei weiße Lichter und die grüne Steuerbordlampe. Das Schiff fährt also Richtung Nordsee. Würde es in die umgekehrte Richtung nach Hamburg fahren, müsste die rote Backbordlampe zu sehen sein. Als es sich etwa auf gleicher Höhe mit uns befindet, hören wir das Stampfen der Maschinen. Mattes Licht fällt aus einigen Bullaugen. Dann ist das Schiff vorüber, und wir springen ein Stück zurück, um von den Sogwellen nicht überrascht zu wer den. Rauschend schlagen sie an den Strand. Wir stapfen dicht am Ufer entlang über das Deichvorland und versuchen, uns ohne Taschenlampen zurechtzufinden. Das ist spannender, weil man nicht weiß, ob man im nächsten Moment in die Wellen patscht oder über einen angeschwemmten Ast stolpert. Längst haben wir Haus Nummer 1 hinter uns gelassen. Dort, wo der Campingplatz liegt, liegt ein heller Schein hinter dem Deich. Das sind die Lampen der Platzbeleuchtung. Kein Laut ist zu hören. Die Vögel sind verstummt, und auch der Wind ist schwächer geworden. Einmal erblicken wir weit entfernt ein Schiff, das außer der weißen Top- und Hecklampe und der grünen Steuerbordlampe noch drei grüne, übereinanderliegende Lichter führt. Das ist der Zollkreuzer, der sich im Einsatz befindet und rasch in Richtung Meer davonzieht. In den nächsten Stunden wird er bestimmt nicht mehr hier vorbeikommen.

„Toll, so nachts allein unterwegs zu sein", ruft Heiko. Er blendet mich mit seiner Taschenlampe.

„Ich weiß nur nicht, wie wir es anstellen sollen, uns zu verlaufen", verspottet Bastian ihn. „Hier fehlt einfach der Wald."

„Halt." Erschrocken deute ich auf einige dunkle Hügel, die unbeweglich links von uns aufragen. „Seit wann gibt es hier Berge?"

„Das sind Heikos Hünengräber", ruft Bastian ironisch. Heike wirft einen kurzen Blick hinüber. Dann fängt sie an zu kichern. „Deine Berge sind Kühe, Sabine." Wie zur Bestätigung dieser Worte wendet eine der Kühe den Kopf. Ich lache ein wenig gezwungen. In der Dunkelheit wirkt alles so seltsam.

„Wo bleibt nun das Abenteuer, Heiko?" Bastian kann es nicht lassen, Heiko wegen seiner Nachtwanderung aufzuziehen.

„Da kommt es ja schon", gibt Heiko zurück.

„Wo denn?", feixt Bastian. „Ich sehe nichts."

„Aber ich höre etwas."

„Ach, das ist doch nur der Motor eines Schiffes."

Wir knipsen wie auf Kommando unsere Lampen aus und starren in die Dunkelheit. Ein weißliches Licht er scheint vor der Insel. Einige Augenblicke später sehen wir die grüne Steuerbordlampe.

„Mensch", flüstert Heiko erregt. „Der fährt ja den falschen Weg. Die Fahrrinne ist doch hinter dem Bananensand.

„Ob der keinen Lotsen an Bord hat?", frage ich erschrocken.

„Gleich sitzt er auf Grund", meint Bastian.

„Nein", berichtigt Heiko. „Das ist ein Binnenschiff.

Es hat nicht viel Tiefgang. Trotzdem wundert es mich, dass es den Seitenarm entlangfährt."

Wir bleiben stehen und beobachten gespannt die Lichter des Schiffes. Auf einmal wird das gleichmäßige Stampfen der Maschine leiser, die Lichter scheinen auf der Stelle stehenzubleiben. „Wollen die etwa ankern?" Heiko staunt. „Mitten im Fluss?" Hastig greift er nach seinem Fernglas. Aber auch durch das Nachtglas kann er in der Finsternis nicht mehr sehen als wir.

Plötzlich ertönt ein lautes Aufklatschen, als wenn irgendetwas Schweres über Bord fällt. Während wir uns verwundert ansehen, hören wir noch vier weitere Platsch-Geräusche. Obwohl wir angestrengt versuchen mit den Augen die Dunkelheit zu durchdringen, können wir nichts erkennen.

„Jetzt brauchten wir Katzenaugen", sagt Heike. Plötzlich halten wir den Atem an. Der Wind trägt den Klang einer Stimme vom Schiff zu uns herüber. „Fertig? Den Rest bringen wir morgen Nacht."

Ich reiße Heiko ungeduldig das Fernglas aus der Hand. Du kannst in der Finsternis doch nichts erkennen", meint er spöttisch. Als ich das Glas an die Augen halte, tritt der Mond kurz hinter den Wolken hervor. Er taucht die Wellen in kaltes, gespenstisches Licht. Deutlich kann ich für einige Sekaunden einen langen, schwarzen Schiffskörper erkennen, an dem der Name ERIKA steht. Dann verschwindet der Mond wieder hinter einer dicken Wolkenschicht, und alles ist finster wie zuvor. Ich gebe Heiko das Fernglas zurück. „Das Schiff heißt ERIKA", berichte ich aufgeregt. „Ich konnte im Mondlicht den Namen lesen." Das Stampfen der Maschine wird lauter. „Seht nur, das grüne Steuerbordlicht verschwindet“, flüstert Heiko aufgeregt. „Der Kahn wendet.“

Heiko hat recht. Die rote Backbordlampe kommt in unser Gesichtsfeld, und dann entfernt sich das weiße Hecklicht immer mehr, bis es schließlich ganz hinter dem Bananensand verschwunden ist.

„Komisch“, brummt Heiko. „Was die wohl in den Fluss gekippt haben?“

„Vielleicht Kisten mit Gold“, sagt Heike so dahin.

„Quatsch“, ruft Bastian. „Die haben einfach ihren Müll weggeworfen.“

„Glaubst du, dass die dafür nachts heimlich zu einem Seitenarm der Elbe fahren?“

„Nein, das kann ich mir auch nicht vorstellen“, muss Bastian zugeben. „Ich wüsste zu gern, was die dort versenken. Schade, dass wir jetzt nicht hinkönnen.“

„Irgendetwas Wichtiges muss es sein“, überlege ich laut.

„Ich möchte zu gern wissen, was sie morgen Nacht über Bord werfen werden. Denn die kommen bestimmt wieder.“

„ERIKA“, sagt Heike langsam vor sich hin. „Wenigstens kennen wir den Namen des Schiffes. Wollen wir deinem Vater morgen früh alles erzählen, Sabine?“ „Spinnst du?“, platze ich erschrocken heraus. „Dann kommt doch unsere Nachtwanderung ans Licht. Und ich kriege den Ärger.“

„Daran hab' ich gar nicht gedacht“, gibt Heike zu. „Wir müssen eben allein herauskriegen, was die Männer ins Wasser geworfen haben“, ereifert sich Heiko. „Und wie?“, fragt Bastian zweifelnd. „Willst du im Fluss tauchen? Er ist ganz schön tief. Und kalt.“ „Quatsch. Wir legen uns morgen Nacht mit der HAI auf die Lauer. Dann können wir vielleicht aus der Nähe sehen, was die Männer in den Fluss werfen", Heiko sagt das so selbstverständlich, als ob es für ihn ganz normal sei, nachts mit der Jolle auf dem Strom herumzugeistern. „Diese dummen Gedanken schlag dir mal aus dem Kopf", ruft Heike energisch. „Da mache ich nicht mit." Plötzlich blicke ich erschrocken auf meine Armbanduhr.

„Wisst ihr, wie spät es ist? Gleich zwölf."

„Oje", ruft Heike. „Hoffentlich sind deine Eltern noch nicht zurück, Sabine."

„Meistens gehen sie nach dem Theater noch irgendwo ein Glas Wein trinken, und dann müssen sie ja noch von Hamburg nach Hause fahren. Trotzdem ist's besser, wir beeilen uns jetzt." Wir knipsen unsere Taschenlampen an und traben im Laufschritt über das Deichvorland zurück. Auf dem Deich trennen wir uns von den Jungen. Zum Glück brennt die Lampe noch über unserer Haustür. Mama und Papa sind also noch nicht zurück. Bandit sitzt vor der Tür und maunzt leise. Gerade ziehe ich das Band des Schlüssels vom Hals, als wir Motorenlärm hören.

„Beeil dich", drängt Heike. „Da kommt ein Auto. Vielleicht sind es deine Eltern."

In fliegender Hast drehe ich den Schlüssel im Schloss. Wir schlüpfen so rasch durch die Tür, dass es Bandit nicht gelingt, mit hinein zu huschen. Aber ich kann jetzt nicht noch einmal die Tür aufmachen. Ich werde Bandit später hereinlassen. Als das Garagentor mit einem dumpfen Laut zufällt, haben wir schon unsere Jacken und Stiefel ausgezogen und flitzen die Treppe hinauf. Wir sind noch nicht im Zimmer, als unten die Tür geöffnet wird.

„Hallo, Bandit", höre ich die Stimme meines Vaters. „Du sitzt ja so einsam vor der Tür. Haben dich die

Mädchen nicht ins Haus gelassen?"

„Ich schau' mal nach, ob alles in Ordnung ist", hören wir zu unserem Schrecken Mamas Stimme. Und dann hören wir auch schon ihre Schritte auf der Treppe. Mit einem Satz springe ich angezogen unter die Decke. Heike schlüpft in den Schlafsack. Ich ziehe die Decke bis über die Ohren, und als die Tür leise geöffnet wird, sieht es so aus, als würden wir im tiefsten Schlaf liegen. Die Tür wird behutsam wieder geschlossen, und Mama geht die Treppe wieder hinunter.

„Uff", stöhnt Heike. „Mehr Aufregungen halte ich heute nicht mehr aus."

Beim Schein der Taschenlampe setzt sie Husch in den Vogelkäfig, in den sie eine Menge weiches Papier gelegt hat.

„Hoffentlich stört Husch dich nicht, wenn er im Käfig herumflitzt und raschelt. Manchmal macht er ganz schön Lärm."

Ich bin so müde, dass ich nicht mehr antworte. Huschs Geraschel dringt nicht in meinen wilden Traum, in dem ein Piratenschiff mit einer Totenkopfflagge am Mast um die Insel herumfährt, auf dem abenteuerliche Gestalten mit schwarzen Augenklappen schwere, eisenbeschlagene Kisten über Bord werfen.

Der seltsame Fang

„So was Blödes", sagt Su heute mindestens schon zum zehnten Mal und dreht wütend an ihrem Zopf-Ende. „Da hätten wir eine Nachtwanderung machen können, und was tun wir? Wir verschlafen."

„Macht doch nichts“, sagt Flo. Er ist ganz froh darüber, dass sie verschlafen haben. Wenn er es auch nicht zugibt, so ist ihm unser Plan von Anfang an nicht geheuer gewesen.

„Vielleicht wäre wieder was Furchtbares passiert.“

„Das sollte es ja auch“, schreit Su aufgebracht. „Du bist ein richtiger Angsthase.“

Bastian, Heiko, Heike und ich werfen uns heimlich verschwörerisch Blicke zu. Um Su nicht noch mehr in Wut zu bringen, haben wir stillschweigend beschlossen, die beiden ruhig in dem Glauben zu lassen, dass wir die Nachtwanderung ebenfalls verschlafen haben.

„Reg dich nicht auf, Su“, sagt Heike beschwichtigend. Als Ersatz machen wir jetzt doch diese Segeltour.“

„Darf ich wenigstens mal das Boot lenken?“, fragt Su halb besänftigt.

Heiko fasst sich an den Kopf. „Ein Schiff wird nicht gelenkt wie ein Auto, sondern gesteuert. Komm her, du kannst es mal versuchen.“

Heiko rückt bereitwillig zur Seite. Su quetscht sich neben ihn auf den Staukasten und hält mit wichtiger Miene die Pinne.

„Seht ihr, es ist ganz einfach. Ich kann es auch.“

In diesem Augenblick wird die HAI von einer heftigen Bö erfasst. Die Segel schlagen wild hin und her.

„Was ist denn jetzt los?“, fragt Su erschrocken. „So einfach ist es also doch nicht.“ Heiko lacht breit. „Du musst die HAI am Wind halten, siehst du, so, und nicht das Ruderblatt so wild hin und her drehen.“

„Hm“, gibt Su kleinlaut zu. „Du kannst es wohl doch besser. Hast ja auch Übung.“

Auf dem Seitenarm der Elbe wimmelt es heute Morgen von weißen und bunten Segeln. Heiko muss die Augen offenhalten, damit wir nicht mit einem der Boote zusammenstoßen.

„Hier ist die Stelle“, sagt Heiko plötzlich mit geheimnisvoller Stimme. Bastian, Heike und ich starren wie gebannt ins Wasser. Was es auch gewesen sein mag, das die Männer letzte Nacht über Bord gekippt haben, die Wellen des Flusses rollen schweigend darüber hinweg und geben ihr Geheimnis nicht preis.

Su und Flo blicken uns verständnislos an. „Welche Stelle?“, fragen sie beide gleichzeitig.

„Na, die Stelle, wo Piraten einen Schatz versenkt haben“, grinse ich.

„Ach“, winkt Flo ab, „ihr wollt mich nur veräppeln.“

„Dort fischt Kuddel mit seinem Boot“, ruft Su plötzlich.

„Ich glaube, er hat was gefangen.“

Kuddel wohnt in Diekhusen, Haus Nummer 3; er ist schon sehr alt.

Sein ganzes Leben lang ist er zur See gefahren. Seit einigen Jahren, als er für die Arbeit an Bord zu alt wurde, hat er sich in sein Häuschen hinter dem Deich zurückgezogen. Doch das Wasser lässt ihn nicht mehr los, und fast jeden Tag sieht man ihn mit seinem Boot, das bestimmt genauso alt ist wie er selbst, bei Regen und Sonnenschein auf dem Fluss. Allen Nachrichten zum Trotz, dass es in der Elbe nur noch kranke, vergiftete Fische gäbe, legt Kuddel unverdrossen seine Netze aus.

Die Aale, die er fängt, räuchert er selbst. Manchmal schenkt er uns einen Aal. Kuddels Räucherfische schmecken wirklich toll, obwohl Mama sagt, sie habe immer ein ungutes Gefühl, sie zu essen. Kuddel meint dazu nur achselzuckend, dann dürfe man gar nichts mehr essen, denn heute befänden sich in fast allen Lebensmitteln Chemikalien und Giftstoffe.

„Kuddel, hast du was gefangen?", ist Su ganz aufgeregt.

Der alte Mann, der bemüht ist, das Netz an Bord zu holen, hält inne und blickt auf. Seine Schirmmütze hat er weit ins Genick geschoben, sodass seine strähnigen, weißen Haare im Wind flattern. Sein runzeliges Gesicht sieht aus wie braunes, zerknittertes Leder, und seine Hände sind voll dicker Schwielen.

„Irgendwas stimmt da nicht", brummt er, als wir die Segel herabgeholt haben und die HAI Seite an Seite mit seinem Boot liegt. „Ich kriege das Netz nicht aus dem Wasser. Da muss etwas Schweres reingeraten sein."

„Vielleicht ein Hai." Flo gruselt es.

„Quatsch", sagt Heike. „Haie gibt es hier nicht."

„Warte, Kuddel, wir helfen dir", rufe ich schnell. Wir klettern in das schwankende Boot hinüber. Neugierig beugen wir uns über den Bootsrand. Der größte Teil des Netzes befindet sich noch im Wasser. Stück für Stück holen wir das Netz ein, bis wir vor Anstrengung puterrote Köpfe bekommen. Kuddel jammert ununterbrochen, dass sein gutes Netz bestimmt zerreißen wird. Endlich haben wir es soweit heraufgeholt, dass wir etwas Rotes im Wasser schimmern sehen.

„Sieht aus wie ein Fass", sagt Bastian.

„Vielleicht ist es eine Schatzkiste." Plötzlich kommt der sonst so ruhige Flo in Bewegung. Sein geheimer Wunsch ist es, einmal eine alte Kiste zu finden, in der Seeräuber ihre Schätze versteckt haben. Früher soll es das an den Stränden der Nordsee gegeben haben, das wissen wir. Flo beugt sich neugierig so weit über Bord, dass er um ein Haar selbst ins Netz gefallen wäre, wenn Kuddel ihn nicht am Hosenbund festgehalten hätte .

„Das ist wohl nur ein altes Fass, das voll Wasser gelaufen ist." Kuddel zerstört Flos Hoffnung. „Ausgerechnet ich muss so einen Müll auffischen. Donner und Doria, wenn mein Netz zerrissen ist."

Wir starren auf das geheimnisvolle rote Fass, das jetzt dicht neben dem Boot im Netz hängt.

„Kuddel, wollen wir das Fass zum Bananensand bringen?", schlägt Heiko vor.

Die Strömung hat uns dicht an das Südende der Insel getrieben. Die schwarze Bake, die das Ende des Bananensandes anzeigt, befindet sich ganz in der Nähe. Hier haben wir in den Sommerferien gezeltet und sind dabei in ein besonders aufregendes Abenteuer hineingeraten.

„Was soll das alte Fass auf der Insel?", brummt Kuddel. „Wir können es den Strand raufrollen und in Ruhe betrachten."

„Ich wüsste nicht, was es an so einem alten Fass Besonderes zu sehen gibt. Mir wäre wohler, wenn ich es schon aus meinem Netz raus hätte." Kuddel öffnet den Staukasten, holt einen Korb hervor und entkorkt eine Flasche, aus der er einen gewaltigen Schluck nimmt .

„Kuddel", sagt Su vorwurfsvoll, „du hast auf dem Hafenfest versprochen, dass du nicht mehr als drei

Gläschen pro Tag trinken willst.“

„Das war der erste Schluck heute“, Kuddel grinst verschmitzt. Kuddel steckt die Flasche wieder in den Korb. Bastian setzt sich zu dem Alten auf die Ruderbank, und beide pullen eifrig auf die Insel zu. Wir anderen sind auf die HAI zurückgeklettert. Heiko und ich rudern ebenfalls aus Leibeskräften, während Su auf dem Staukasten hockt. Sie schreit: „Schneller, schneller. Sonst gewinnen Kuddel und Bastian.“ Da die beiden noch das Fass mitabschleppen müssen, wird die HAI Siegerin. Es knirscht leise, als sich ihr Bug auf den Sand schiebt. Wir springen hinaus und ziehen die Jolle ein Stück höher. Al Kuddel und Bastian die Insel erreichen, haben wir bereits Schuhe und Strumpfe ausgezogen und die Jeans bis über die Knie aufgekrempelt. Wir waten in das kalte Wasser und befreien mit viel Hallo das rote Fass aus dem Netz. Triumphierend rollen wir es über den Strand und richten es auf.

Kuddel begutachtet rasch sein Netz, und als er feststellt, dass es nicht beschädigt ist, grinst er befriedigt.

„Was habt ihr mit dem Fass vor?“ fragt er uns und steckt ein Stück Kautabak in den Mund. „Wissen wir noch nicht. Wenn wir noch mehr Fässer finden, können wir vielleicht eine Hütte bauen.“

„Oh ja“, fällt Flo begeistert ein und springt in die Luft.

„Eine richtige Seeräuber-Burg. Kuddel, wirf doch dein Netz noch mal an der Stelle aus, wo du das Fass gefischt hast. Vielleicht liegen dort noch mehr Fässer auf Grund.“

„Ich werde mich hüten“, wehrt Kuddel ab. „An der Stelle ist es nicht geheuer. Los, schiebt mal mein

Boot ab." Wir winken ihm zu, als er davonrudert. Dann stürzen wir uns auf das rätselhafte Fass, um es von allen Seiten zu begutachten und zu beklopfen.

„Wasser ist nicht darin", stellt Heiko fest. „Es hat kein Loch, also kann es auch nicht voll Wasser gelaufen sein."

„Aber irgendetwas muss drin sein, sonst wäre es nicht so schwer." Bastian dreht am Schraubverschluss. Aber so sehr er sich auch abmüht, der Verschluss lässt sich nicht öffnen. „Vielleicht ist doch ein Schatz drin", hofft Flo immer noch.

„Wenn überhaupt, sind Schätze höchstens in alten Holzfässern", belehrt Bastian ihn. „Dieses Fass ist brandneu. Kein Rost ist zu sehen. Nicht mal Algen haben sich dran festgesetzt."

„Es sieht so aus, als ob es erst gestern von einem Schiff gefallen wäre", stimmt Heike zu.

Sie hat kaum ausgesprochen, als wir uns verblüfft ansehen. Wie auf Kommando entfernen wir uns etwas von Su und Flo und tuscheln heimlich miteinander.

„Ob das Fass von der ERIKA stammt?", frage ich aufgeregt.

„Könnte sein." Bastian kaut nachdenklich an seiner Unterlippe.

„Warum die bloß neue Fässer über Bord geworfen haben?", überlegt Heike. „Ich möchte zu gern wissen, was drin ist."

„Warum sollen wir uns darüber die Köpfe zerbrechen?", sagt Heiko munter. „Wir besorgen uns Werkzeug und machen es einfach auf." „Dürfen wir das denn so einfach?", fragt Heike unsicher.Mit einem „Na klar" Heiko zerstreut ihre Bedenken. „Schließlich haben wir es gefunden. Und

Strandgut gehört dem, der es findet. Wollen wir zum Bauernhof segeln und Hammer und Meißel holen?"

„Vor dem Mittagessen lohnt sich das nicht mehr", sage ich. „Lasst uns doch noch etwas segeln. Das Fass können wir heute Nachmittag immer noch aufmachen."

„Okay. Flo, Su, wollt ihr mitsegeln?"

„Nein", antwortet Flo. „Wir bleiben hier und spielen Seeräuber. Das Fass ist unsere Schatztruhe."

„Vielleicht ist gar kein Wasser drin, sondern Schnaps." Su kichert plötzlich. „Kuddel würden die Augen übergehen, wenn er ein Fass voll Schnaps gefischt hat und es uns geschenkt hat."

Die Vorstellung löst einen solchen Heiterkeitsausbruch bei ihr aus, dass sie auf einem Bein um das rote Fass herumhüpft und vergnügt singt: „Wir haben ein Fass voll Rum, da guckt der Kuddel dumm." Ich betrachte meine übermütige Schwester kopfschüttelnd: „Du bist wirklich zu dämlich, Su."

Noch mehr geheimnisvolle Fässer

Wir umsegeln die Südspitze des Bananensandes. Zum Greifen nah schaukelt die rote Leuchttonne auf den Wellen. Etwas weiter entfernt steht die Bake auf dem spitz zulaufenden Sand. Übermütig winken wir Flo und Su zu, die ausgelassen um das rote Fass toben.

„Wollen wir die Vogelinsel umsegeln?", erkundige ich mich bei Heiko.

Die Vogelinsel erhebt sich wie ein runder, grüner Kuchen aus dem Fluss. Sie ist Vogelschutzgebiet und darf erst im Oktober wieder betreten werden, wenn die Zugvögel fort sind. Im Frühjahr kommen sie zum Brüten zurück. „Ich hätte Lust, mal am gegenüberliegenden Flussufer entlang zu segeln", schlägt Heiko vor.

„Aber dann müssen wir ja die Fahrrinne durchqueren", sage ich erschrocken.

„Na und?" Heiko schnippt wegwerfend mit Daumen und Zeigefinger. „Glaubst du etwa, dass ich das nicht schaffe?" Ich weiß, dass ich Heikos Segelkünsten vertrauen kann. Trotzdem blicke ich etwas ängstlich zur breiten Fahrrinne hinüber, die durch rote und grüne Tonnen gekennzeichnet ist, damit die Seeschiffe den richtigen Weg finden. Zum Glück kreuzt gerade kein großes Schiff unseren Kurs. Bis der riesige Frachter heran ist, dessen weiße Aufbauten hinter der Vogelinsel zum Vorschein kommen, haben wir längst die Fahrrinne durchquert und segeln am gegenüberliegenden Ufer stromaufwärts. Hier gibt es nicht so einen schönen, breiten Sandstrand wie in Diekhusen. Die sumpfigen Wiesen des schmalen Deichvorlandes reichen bis ans Wasser. Hinter dem Deich sind ab und zu die Wipfel vereinzelter Bäume zu sehen. Das ändert sich mit einem Schlag, als plötzlich hinter der Flussbiegung die riesigen Gebäude des Chemiewerkes auftauchen. Hohe Schornsteine spucken dicke weiße Dampfwolken aus.

„Wollen wir umkehren?“, fragt Heike zögernd. „So weit sind wir noch nie gesegelt. Der Bananensand und die Vogelinsel sind schon lange nicht mehr zu sehen.“

„Okay“, stimmt Heiko zu. „Sonst sind wir nicht rechtzeitig zum Mittagessen zurück. Aber wir müssen zuerst das Motorschiff vorbeilassen.“

Ein langes Binnenschiff überholt uns ganz langsam. Es liegt so tief im Wasser, dass das Gangbord – so nennt man den schmalen Deckstreifen neben den Ladeluken – mittschiffs ab und zu von den Wellen überspült wird. Nur die Laderäume und die Aufbauten mit dem Ruderhaus ragen heraus.

„Seht doch.“ Bastian springt von der Bank und deutet erregt hinüber. „In den Laderäumen sind rote Fässer. Die sehen genauso aus wie das Fass, das Kuddel aus der Elbe gefischt hat.“ Neugierig spähen wir zum Schiff hinüber. Tatsächlich. Die Lukendeckel einiger Laderäume sind bereits abgedeckt, und wir können deutlich leuchtend rote Fässer sehen. Heiko richtet sich entschlossen auf und umklammert die Pinne fester. „Wir segeln mal hin und fragen die Leute, was in den Fässern ist. Warum eigentlich nicht?“

„Mann, Heiko“, protestiert Heike energisch. „Wir können doch nicht einfach an einem fremden Schiff anlegen. Spinnst du?“ Aber für Heiko ist das kein Problem.

„Segel fieren“, ruft er und reißt die Pinne nach Backbord. Kaum sind die Segel am Mast herabgerauscht, legt sich die HAI sanft neben den schwarzen, langen Leib des Binnenschiffes. Bastian packt rasch ein Tau und schlingt es um einen der Poller, die in regelmäßigen Abständen im Gangbord des Schiffes angebracht sind. Jetzt wird die kleine Jolle einfach vom Binnenschiff mitgezogen. Bastian klettert frech ins Gangbord hinüber. Weil das Schiff so tief im Wasser liegt, kann er ganz bequem von der HAI aus hinübersteigen. Neugierig beugt er sich über den Laderaum.

Heike und ich blinzeln unsicher nach achtern zum Ruderhaus des Schiffes. Hinter den Fenstern bewegt sich ein Mann mit bärtigem Gesicht und einer Schiffermütze auf dem Kopf. Plötzlich wird die Tür, die zur Wohnung hinunterführt, geöffnet und eine schlanke Frau in Jeans und kariertem Hemd steigt schnell an Deck. An der Hand hält sie einen kleinen Jungen. Die meisten Binnenschiffer wohnen mit Frau und Kindern an Bord ihrer Schiffe. Die Frau übernimmt dabei häufig die Rolle des Matrosen. Wenn die Kinder zur Schule gehen müssen, werden sie allerdings das Schiff verlassen und bei Verwandten oder in einem Schifferkinderheim wohnen, damit sie eine Schule besuchen können. Sie sind dann nur noch in den Ferien zu Hause an Bord.

„Hallo“, Die Frau und der kleine Junge, der neugierig unsere Jolle betrachtet, sind herangekommen. „Habt ihr Schwierigkeiten? Kann ich euch helfen?“

„Eigentlich nicht“, erklärt Bastian. „Uns interessieren nur die Fässer, die Sie geladen haben. Wir haben nämlich ein Fass aus der Elbe gefischt, und es sieht genauso aus wie Ihre Fässer hier.“

„Das kann nicht sein“, erklärt die Frau freundlich, aber bestimmt: „In diesen Fässern befindet sich Hexanol.“

„Was ist das?“, erkundigen wir uns gespannt. „Es wird zur Herstellung von Farben und Kunststoffen benötigt und ist giftig. Wir bringen die Fässer zum Chemiewerk.“

„Das schockt.“ Heike macht ein ängstliches Gesicht.

„Ob in unserem Fass auch Hexanol ist?“

„Allerdings ist auf unserem Fass nicht so ein blaues, auf den Kopf gestelltes Viereck aufgemalt, wie auf diesen Fässern“, sagt Bastian, der sich die Fässer noch einmal genau angesehen hat.

„Das blaue Zeichen nennt man Gefahrendiamant“, erklärt die Frau bereitwillig. „Mit so einem Gefahrendiamant werden alle Behälter gekennzeichnet, die giftigen oder gefährlichen Inhalt haben. Wenn auf eurem Fass kein Gefahrendiamant ist, ist es auch kein Giftfass. Es lag wahrscheinlich schon jahrelang auf dem Grund des Flusses und ist sicher harmlos.“ „Könnte es sein, dass jemand Fässer mit Hexanol in den Fluss wirft?“

Die Frau blickt Heike erstaunt an. „Einfach in den Fluss werfen? Aber warum? Damit, dass wir die Fässer befördern, verdienen wir ja unser Geld. Wenn wir sie in den Fluss werfen, betrügen wir uns ja selbst um unseren Lohn. Niemand würde auf die verrückte Idee kommen, solche gefährlichen Fässer in den Fluss zu werfen. Wenn das giftige Zeug ausläuft, würde das Wasser verseucht und alles Leben im Fluss sterben."

„Na ja", meint Heiko achselzuckend. „Wenn das so ist, ist unser Fass wohl doch nur ein ganz gewöhnliches Fass, das niemand gebrauchen konnte und deshalb weggeworfen hat."

„Das glaube ich auch", sagt die Frau. „Leider treibt immer noch viel Müll im Fluss. Die Leute sind so verantwortungslos. So Kinder, ich muss nach vorn, wir legen gleich an. Lauf zu Papa", ruft sie dem kleinen Jungen zu. Der Kleine klettert die Stufen zum Ruderhaus hinauf, während seine Mutter nach vorn läuft, um beim Festmachen des Schiffes zu helfen.

Bastian löst das Tau vom Poller und springt hastig zu uns in die Jolle. Langsam zieht der lange Schiffsleib an uns vorbei. Der kleine Junge drückt die Nase an der Scheibe des Ruderhauses platt und winkt uns zu. Wir winken vergnügt zurück und sehen, dass wir uns bereits auf gleicher Höhe mit dem Chemiewerk befinden.

„Ab nach Hause", ruft Heiko übermütig. „Alle Mann an die Segel."

Ich will gerade nach der Schot greifen, als ich mir verdutzt die Augen reibe. Aber es ist kein Spuk. Am langen Kai des Chemiewerkes liegt bereits ein anderes Binnenschiff, und an seiner schwarzen Bordwand stehen in leuchtend weißer Farbe die Buchstaben ERIKA. „Stopp", schreie ich. „Das ist doch der

Kahn, den wir in der letzten Nacht beobachtet haben." Die Freunde fahren herum.

„Ich werd' verrückt", schreit Heiko entgeistert. „Das schockt", ruft Heike daraufhin fassungslos.

„Los wir legen dort an", kommandiert Bastian. „Das ist die Gelegenheit, um auszukundschaften, ob noch mehr rote Fässer an Bord sind."

Vorsichtig rudern wir zum Schiff hinüber und legen ungesehen an. Auf dem Schiff herrscht völlige Stille. Niemand ist zu sehen. Bastian steigt hinüber. Ich folge ihm mit Herzklopfen, jederzeit bereit, beim geringsten verdächtigen Laut auf die HAI zurückzuspringen. Die Leere und Stille kommen mir nicht geheuer vor.

„Pech, die Laderäume sind alle zugedeckt",

brummt Bastian. „Hilf mal, Sabine, vielleicht können wir einen Lukendeckel etwas anheben.“

Aber auch mit vereinten Kräften gelingt es uns nicht, den schweren Lukendeckel zu heben.

„Mist“, ärgert sich Bastian. Suchend blickt er über das lange, leere Deck. Plötzlich schlägt er sich mit der Hand gegen die Stirn. „Die Fässer, die wir suchen, können gar nicht im Laderaum sein. Die Mannschaft auf so einem Binnenschiff besteht doch nur aus zwei oder drei Leuten. Wie wollen die ohne Hilfe eines Krans die Fässer aus dem Laderaum hieven, um sie anschließend in den Fluss zu werfen? Nein, wenn sie wirklich vorhaben, heute Nacht wieder Fässer über Bord zu kippen, müssen die sich an Deck befinden.“ Ich stoße Bastian unsanft in die Seite: „Dort unter dem Ruderhaus liegt irgendwas. Leider ist es mit einer Plane zugedeckt.“

„Los, wir sehen nach.“ Bastian wird vom Jagdfieber gepackt. Er läuft über die zugedeckten Laderäume nach achtern. Ich folge ihm zögernd. Ängstlich ruft Heike uns nach: „Kommt zurück!“

In dem Augenblick, als Bastian gerade die Hand nach der Plane ausstrecken will, öffnet sich die Tür zur Wohnung, und ein hagerer Mann in blauer, mit Flecken übersäter Latzhose und aufgekrempelten Hemdsärmeln steckt sein unrasiertes Gesicht hinaus. Seine schwarzen, dichten Augenbrauen ziehen sich misstrauisch zusammen, als er uns sieht. Vorsicht, warnt mich eine innere Stimme, mit dem sollten wir nicht aneinandergeraten.

„Was habt ihr hier auf dem Schiff zu suchen?“, fährt er uns barsch an und tritt schnell aus der Tür. Was nun? Wir können doch nicht gut sagen, dass wir gestern Nacht beobachtet haben, wie von diesem Schiff aus Fässer in den Fluss geworfen wurden, und dass wir jetzt hier sind, um der Sache auf die Spur zu kommen. Drohend baut sich der Mann vor uns auf. Den Fluchtweg zur HAI hat er uns abgeschnitten .

„Entschuldigen Sie“, stottert Bastian. „Wir haben dort mittschiffs mit unserem Boot angelegt, weil es unserer Freundin auf einmal schlecht geworden ist. Könnten wir bitte einen Schluck Wasser für sie haben?“

Ich atme tief ein. Da ist ihm eine gute Ausrede eingefallen.

„Wenn eure Freundin seekrank wird, soll sie an Land bleiben“, sagt der Mann unfreundlich und mustert uns misstrauisch. Wir bemühen uns, möglichst harmlose Gesichter zu machen. Doch ich fühle mich nicht wohl in meiner Haut, sehnsüchtig schiele ich zur HAI hinüber. Zum Glück scheint der Mann uns zu glauben, denn er knurrt grimmig: „Wartet hier. Ich hole ein Glas Wasser.“ Brummend verschwindet er in der Wohnung.

Bastian gibt mir einen aufmunternden Rippenstoß. „Mach schon, Sabine. Sieh nach.“

„Lautlos husche ich unter das Ruderhaus und lüpfe mit zitternden Fingern einen Zipfel der Plane. Das dauert höchstens ein paar Sekunden. Als der Mann sein unrasiertes Gesicht aus der Tür streckt, stehe ich schon wieder mit unbeteiligter Miene neben Bastian.

„Hier“, brummt der Mann mürrisch und reicht uns ein Glas. „Vielen Dank.“ Erleichtert eilen wir davon. Der Mann folgt uns auf Schritt und Tritt. Er ist uns so dicht auf den Fersen, dass Bastian Heike nur noch zuzischen kann: „Dir ist schlecht.“

Dann gibt er ihr das Glas Wasser und sagt laut: „Hier, Heike, trink einen Schluck, dann geht es dir gleich besser.“ Heike setzt eine richtige Leidensmiene auf, stützt sich mühsam auf die Bank und stöhnt kläglich. In langsamen Schlucken trinkt sie das Glas aus.

„Geht's wieder?“, schnauzt der Mann unfreundlich. „Ja. Vielen Dank für Ihre Mühe.“ Heike reicht ihm das leere Glas.

„Dann verschwindet jetzt schleunigst.“

Kaum sind Bastian und ich eingestiegen, da wirft er uns auch schon das Tau zu und passt auf, ob wir auch wirklich fortsegeln. Als wir bereits die Fahrrinne überquert haben und Kurs auf die Vogelinsel nehmen, sehen wir ihn langsam zur Wohnung zurückgehen.

„Puh, ist das ein widerlicher Kerl.“ Heike schüttelt sich.

„Eigentlich wollte ich das Glas ausgießen. Ich hatte gar keinen Durst. Aber der hat ja jede Bewegung von mir beäugt.“ Plötzlich fährt sie schreckensbleich hoch und presst die Hand auf den Magen.

„Ich glaube, mir wird echt schlecht. Wenn der nun Gift ins Glas geschüttet hat?“

„Quatsch“, fährt Bastian sie an. „Das war ein gewöhnliches Glas Wasser. Es war bestimmt kein Flusswasser. Wenn du das trinken müsstest, könntest du dich eher vergiften.“

„Das kommt davon, wenn so viel über Giftfässer geredet wird“, sagt Heike matt. Ächzend lässt sie sich wieder auf die Bank fallen. „Trotzdem war mir der Kerl irgendwie unheimlich.“

„Mir auch“, sage ich energisch. „Wenn der wüsste, dass wir ihn gestern Nacht beobachtet haben, wür-

de er nicht so ruhig in seiner Wohnung sitzen."
„Was war denn unter der Plane?", erkundigt sich Bastian begierig. „Fünf nagelneue rote Fässer, aber ohne den blauen Gefahrendiamant."

Heiko spuckt tief in Gedanken versunken sein Kaugummi über Bord. „Du Umweltverschmutzer", fährt seine Schwester ihn an. „Entschuldigung", murmelt Heiko verdutzt. „Kommt nicht wieder vor. Wenn keine chemischen Stoffe in dem Fass sind – was kann sonst drin sein?" Wir zerbrechen uns noch immer die Köpfe, als die Südspitze des Bananensandes auftaucht. Su und Flo jagen in irgendein Spiel vertieft auf dem Strand umher.

Gedankenverloren betrachten wir das rätselhafte, rote Fass, das aufgerichtet auf dem Sand steht. Heiko, dessen Stärke es nicht ist, lange nachzugrübeln, sagt entschlossen: „Warum wollen wir uns so lange die Köpfe darüber zerbrechen, was in dem Fass sein könnte? Ich hole nachher Hammer und Meißel. Wäre doch gelacht, wenn wir damit das verdammte Fass nicht aufkriegen."

„Vorher müssen wir nach Hause zum Mittagessen", rufe ich. „Holst du uns gegen drei Uhr von der Mole ab, Heiko?"

„Okay."

„Da seid ihr ja endlich." Su und Flo umringen den Bug der Jolle, der sich sanft knirschend auf den Sand schiebt. „Wir dachten schon, ihr wärt nach Amerika gesegelt."

„Ihr habt vielleicht eine Vorstellung, wo Amerika liegt", grunzt Bastian .

„Flo und Su, kommt schnell ins Boot", dränge ich ungeduldig. „Wir müssen nach Hause."

„Und wer bewacht das Fass?", protestiert Flo.

„Das braucht niemand zu bewachen“, brummt Heiko. „Wer interessiert sich schon für ein altes Fass?“

„Vielleicht ist doch ein Schatz drin“, sagt Flo mit glänzenden Augen.

Heute Nachmittag rücken wir dem Geheimnis des roten Fasses mit Hammer und Meißel zu Leibe“, verspricht Heiko und schiebt sich eine gelbe Kaugummikugel in den Mund.

In tödlicher Gefahr

„Wo bleibt Bastian denn nur?“ Ungeduldig beschattet Heiko die Augen mit der Hand und späht zum Café hinauf. Heike, die zärtlich das weiche Fell des Hamsters streichelt, und Flo und Su sitzen bereits neben Heiko in der Jolle. Auf den Bodenbrettern liegen ein dicker Hammer und ein Meißel. Damit will Heiko dem Geheimnis des roten Fasses auf die Spur kommen. „Bastian kommt“, melde ich und springe vom Poller hinunter, der mir als Aussichtsturm gedient hat. Bastian jagt mit Riesenschritten den Deich hinab, spurtet über die Mole und bleibt keuchend vor mir stehen.

„Ich kann noch nicht mitfahren“, keucht er. „Ich muss erst die Tageszeitungen austragen. Mama ist ganz schön sauer, dass ich zu spät zum Essen gekommen bin.“

„Mist“, sagt Heiko. „Wir können inzwischen schon mal zur Insel fahren und versuchen, ob wir den Schraubverschluss des Fasses aufkriegen. Ich hole dich in einer Stunde ab.“ Bastian zieht ein langes Gesicht. „Wie wäre es, wenn mir einer von euch beim Zeitungaustragen hilft? Dann geht es schneller.“ Jetzt ist die Reihe an uns, lange Gesichter zu machen. Wir wollen alle dabei sein, wenn das Fass geöffnet wird.

„Hilfst du mir, Sabine?“, bittet Bastian und wackelt hoffnungsvoll mit den Ohren.

„Aber nur, wenn Heiko solange mit dem Öffnen des Fasses wartet, bis wir zurück sind“, stimme ich gedehnt zu. „Ich möchte auch sehen, was drin ist.“

„Okay“, verspricht Heiko. „Ich bringe Heike, Su und Flo schon auf die Insel und hole euch in einer halben Stunde ab.“ So schnell ich kann, renne ich mit Bastian durch die Lücke im Deich und hole mein Fahrrad aus unserer Garage. Bastian klemmt einen Packen Zeitungen auf den Gepäckträger, die ich in Diekhusen und auf dem Campingplatz austeilen soll. Er selbst radelt zur alten Mühle und zu den entfernter liegen den Bauernhöfen. Eine halbe Stunde später finden wir uns mit roten, erhitzten Gesichtern wieder auf der Mole ein. Diesmal braucht Heiko nicht auf uns zu warten. Er segelt gerade durch die Hafeneinfahrt.

Wir warten gar nicht erst ab, bis Heiko uns ein Tau zugeworfen hat, sondern klettern rasch einige Sprossen an der Hafenmauer hinunter und springen ins Boot. Los geht es zur Südspitze des Bananensandes.

„Die anderen werden doch inzwischen das Fass noch nicht aufmachen?“, fragt Bastian besorgt.

„Ich habe gesagt, dass sie warten sollen, bis wir alle da sind. Flo kann es vor Spannung kaum noch aushalten. „Er denkt immer noch, dass da ein Seeräuberschatz drin ist.“ Heiko lacht.

Bastian zieht eine Tageszeitung unter seiner Jacke her vor. „Hier ist eure Zeitung, Heiko.“

„Leg sie in den Staukasten“, brummt Heiko. „Gib mal her“, rufe ich Bastian zu. „Ich sehe mal nach was es heute Abend im Fernsehen gibt.“

Es ist mühsam, die Zeitungsseiten bei dem frischen Wind so festzuhalten, dass sie mir nicht davonwehen. Während ich die Seite mit dem Fernsehprogramm suche fällt mein Blick auf eine dick gedruckte Überschrift: Gefährlicher Fund auf der Müllhalde.

Rasch überfliege ich den Artikel. Empört lasse ich die Zeitung sinken. „Hört mal zu. Hier steht, dass in Hamburg auf einer Müllkippe Kinder mit Giftfässern gespielt haben.“ „Wieso? Mit was für Giftfässern?“, fragt Heiko verständnislos.

„Hier steht, dass in den Fässern Giftmüll war, der bei der Herstellung von chemischen Produkten abfällt und der normalerweise auf Sonderdeponien vernichtet werden muss. Das kostet natürlich eine Stange Geld. Um das Geld zu sparen, sind die Giftfässer von gewissenlosen Leuten einfach auf die Müllkippe geworfen worden.“

„Sauerei, so was“, Bastian regt sich richtig auf. „Wenn die Fässer rosten, undicht werden, das Gift ausströmt, kann das Grundwasser verseucht werden und . . .“

Er stockt und reißt seine Augen vor Entsetzen weit auf. Im gleichen Moment fällt auch bei mir der Groschen.

„Das gibt's doch nicht“, sage ich fassungslos, ohne darauf zu achten, dass ich die Zeitung loslasse und der Wind die einzelnen Blätter in den Fluss weht.

Da schwimmt sie davon, Bauer Hansens Wochenendzeitung. Aber weder Bastian noch ich haben einen Blick dafür.

„Was habt ihr denn?“, ruft Heiko verärgert. „Ihr sitzt da wie die Ölgötzen, während mich mein Vater nachher anschnauzen wird, weil die Zeitung weg ist.“

„Lass doch die dämliche Zeitung“, stoße ich atemlos hervor. „Weißt du, was in dem Fass ist, dass Kuddel aus der Elbe gefischt hat?“

„Nein.“ Heiko tut beleidigt. „Du vielleicht?“

„Ja. Giftmüll ist drin.“

Heiko lässt vor Schreck einen Augenblick die Schot los. Das Segel flattert uns wild um die Ohren, bis er die Leine wieder dicht geholt hat.

„Klar“, bestätigt Bastian hastig. „Damit ist auch erklärt, warum die Fässer so geheimnisvoll bei Nacht und Nebel über Bord gekippt wurden. Es ist nicht zu fassen. Da werden Fässer mit Giftmüll im Fluss versenkt, und das alles nur, um Geld zu sparen!“

„Eine Gemeinheit ist das“, schreie ich. „Wenn die Fässer eines Tages durchrosten, wird das Gift ausströmen und furchtbares Unheil anrichten. Der Fluss wird verseucht werden, alle Pflanzen und Fische müssen sterben und vielleicht sogar Menschen ...“, füge ich entsetzt hinzu.

„Echt?“, staunt Heiko, der manchmal ein bisschen spät schaltet. „Glaubt ihr wirklich, dass Giftmüll in dem Fass ist?“

„Klar“, rufen Bastian und ich überzeugt.

„Ach, du dickes Schwein“, schreit Heiko und springt vom Staukasten. „Hoffentlich hat Flo das Fass noch nicht auf gekriegt.“ „Wieso?“ Ich spüre, wie ich blass werde. „Du hast doch gesagt, sie wollen mit dem Öffnen warten, bis wir auch da sind."

„Flo hält das bestimmt nicht solange aus. Er giert förmlich danach, das Fass aufzumachen, weil er felsenfest überzeugt ist, dass ein Schatz darin versteckt ist. Er probiert bestimmt schon mal aus, ob er das Fass aufkriegt." „Mann, gib Gas!" Bastian rüttelt Heiko verzweifelt an den Schultern. Heiko wirft bereits den Außenbordmotor an, während Bastian die Segel herunterrauschen lässt und ich das lange Schwert im Schwertkasten hochziehe. Mit Hilfe des Motors müssen wir nicht mehr gegen den Wind ankreuzen und sind so viel schneller drüben. Angstvoll starren wir zur Insel. Leben Heike, Su und Flo noch?

„Wir sind ja auch einmalig blöd", sage ich bedrückt. „Wir hätten sofort den Erwachsenen von dem Fass erzählen müssen."

„Aber Kuddel hielt es doch auch für harmlos", verteidigt sich Heiko.

„Ach, Kuddel", rufe ich wegwerfend. „Der hat sich das Fass gar nicht richtig angesehen. Der hatte nur Augen für sein Netz."

„Aber die Frau auf dem Binnenschiff sagte uns doch, dass es im Fluss keine Giftfässer gibt."

„Normalerweise natürlich nicht. An Giftmüll hat die bestimmt nicht im Traum gedacht. Außerdem haben wir ihr ja auch nicht erzählt, dass wir gestern Nacht Männer beobachtet haben, die Fässer vom Schiff aus in den Fluss geworfen haben . . ., sonst hätte sie vielleicht gleich Verdacht geschöpft, dass da irgendetwas nicht stimmt." Die Bake wird rasch größer. Bald können wir auch das rote Fass erkennen, das noch immer aufgerichtet auf dem Strand steht. Heike und Su laufen uns am Ufer entgegen.

„Warum habt ihr den Motor an?“, wundert sich Heike. „Ihr könnt doch Benzin sparen und segeln.“ Wir antworten nicht. Kaum fährt die Jolle knirschend auf den Sand, springen Bastian und ich schon hinaus.

„Flo. Halt. Aufhören!“ Laut schreiend jagen wir auf das Fass zu. Flo, der den Meißel an den Schraubverschluss hält und gerade kräftig mit dem Hammer ausholt, lässt verblüfft den Arm sinken. „Was habt ihr denn?“

„Weg da!“ Ich zerre Flo beiseite, während Bastian ihm den Hammer aus der Hand reißt.

„Seid ihr übergeschnappt?“, schreit Flo wütend.

Ich lasse mich in den Sand fallen. Meine Beine sind auf einmal ganz wackelig geworden und wollen mich nicht mehr tragen.

„Das Fass ist doch noch heil?“ Bastian nähert sich dem roten Fass vorsichtig.

„Leider“, ruft Flo, der nicht ahnt, welcher Gefahr er entkommen ist. „Was habt ihr denn? Ich kriege es allein nicht auf.“

„Ein Glück“, flüstere ich erleichtert. „Sonst wärst du jetzt vielleicht tot.“

„Tot?“ Flo starrt mich ungläubig an.

Heike lacht gezwungen. „Machst du Witze, Sabine? Das Fass sieht doch ganz harmlos aus.“ „Aber was drin ist, ist alles andere als harmlos!“ „Was denn?“

„Giftmüll!“

„Giftmüll?“ Heike schaudert. „Wie kommt ihr denn darauf?“ Wir erzählen ihr von dem Artikel, den ich in der Zeitung gelesen habe.

„Seht ihr“, schreit Heike und springt schnell ein paar Schritte zurück. „Ich hab euch ja gleich davor gewarnt, das Fass aufzumachen."

„Was machen wir nun mit dem Giftfass?", fragt Su ängstlich. Fest drückt sie Gerapita an sich.

„Am besten, wir sagen sofort meinem Vater Bescheid", schlage ich den anderen vor. „Papa hat heute Nachtdienst. Vielleicht erwischen wir ihn noch zu Hause, wenn wir uns beeilen. Bringst du mich nach Diekhusen zurück, Heiko?"

„Die HAI ist ja heute das reinste Fährschiff", sagt Heiko. Aber er springt sofort hilfsbereit in die Jolle.

„Und wir?", fragt Flo ängstlich. „Wir bewachen das Fass", erklärt Bastian bestimmt, „und passen auf, dass niemand von den Seglern hier an Land geht."

„Wagt euch nicht so dicht ran", warne ich die beiden. „Wir passen schon auf", beruhigt Heike mich. Heiko hat inzwischen den Motor angeworfen, und die Jolle schießt nur so davon. Diesmal sagt Heike nicht, dass wir Benzin sparen sollen. Die vier stehen am Strand und blicken uns nach. Das rote Fass steht hinter ihnen. Es leuchtet grell in der schon tief stehenden Sonne. Mir läuft eine Gänsehaut über den Rücken. Schaudernd wende ich mich ab. Ich mag gar nicht an das Unglück denken, das wir angerichtet hätten, wenn wir das Fass aus Neugier wirklich geöffnet hätten, wenn all das Gift ausgeströmt wäre und der schönen Insel und dem großen Fluss Tod und Verderben gebracht hätte.

Was sollen wir tun?

Heiko und ich rutschen auf dem Hosenboden den Deich hinunter und flitzen durch unseren Garten zur Haustür. „Oje", sage ich beunruhigt. „Unser Wagen steht nicht auf der Auffahrt. Hoffentlich ist Papa noch nicht fort."

Wir klingeln Sturm. Vergeblich lauschen wir auf Schritte. Im Haus bleibt es stumm und still. Nur Bandit zwängt sich unter der Ligusterhecke hervor und streicht freudig miauend mit hoch erhobenem Schwanz um meine Beine.

„Niemand da", meint Heiko enttäuscht.

„Warte. Ich habe einen Schlüssel. Wenn Mama fortgeht, hinterlässt sie immer eine Nachricht." Auf dem Küchentisch finden wir tatsächlich einen Zettel: „Bringe Papa nach Glückstadt zum Zollschiff Besuche anschließend Oma. Bin spätestens um sieben zurück. Gruß Mama", lese ich laut vor.

„Pech", sagt Heiko und rollt sein Kaugummi von einem Mundwinkel in den anderen. „Was nun?"

Ja, was nun? Unschlüssig sehe ich ihn an. Wir sind leider zu spät gekommen. Papa hätte bestimmt gewusst, was zu tun ist. Wenn sich tatsächlich Giftmüll in den Fässern befindet und wenn die Männer heute Nacht noch mehr Fässer in den Fluss werfen und wenn die Fässer rosten und eines Tages das Gift in den Fluss strömt . . ., ich mag gar nicht daran denken, was für ein Unheil das bedeutet. Ahnungslos sitzen die Leute von Diekhusen in ihren Häusern und haben keine Ahnung von dem Gift in nächster Nähe. Plötzlich kommt mir ein rettender Gedanke.

„Du, Heiko, einer von Papas Kollegen wohnt in Glückstadt nicht weit vom Hafen. Vielleicht kann ich ihn noch telefonisch erreichen. Mensch, wie heißt der noch gleich?"

Ich ziehe die Stirn kraus und denke angestrengt nach. Auf einmal hab ich's: „Na klar, Wegener", rufe ich laut. Heiko hat bereits das gelbe Telefonbuch aufgeschlagen und fährt mit dem Zeigefinger die Spalten entlang. Leider gibt es mehrere mit dem Namen Wegener.

„Welcher?“, fragt Heiko ratlos. „Wilhelm, Hein oder Peter?“

„Den Vornamen weiß ich nicht“, muss ich zugeben. „Er wohnt am Hafen.“

„Am Hafen wohnt ein Hein Wegener.“ Heiko dreht bereits die Nummernscheibe und drückt mir den Hörer ans Ohr. Seinen Kopf hält er dicht an den Hörer, damit ihm kein Wort entgeht. Eine Frauenstimme meldet sich.

„Hier ist Sabine Rehder“, platze ich aufgeregt los. „Frau Wegener, ist Ihr Mann schon auf dem Zollkreuzer?“

„Nein“, antwortet sie erstaunt. „Er will gerade fortgehen.“

„Oh bitte, schnell, halten Sie ihn auf. Ich muss ihn unbedingt sprechen. Es ist furchtbar wichtig.“

Nach einigen Sekunden bangen Wartens, in denen wir nur unseren Herzschlag hören, meldet sich eine Männerstimme. „Ja, hier Wegener. Wer ist dort?

„Sabine Rehder. Die Tochter von . . .“

„Ja, ich weiß schon. Was gibt's denn so Dringendes, Sabine?“

„Herr Wegener, wir . . . , nein, der alte Kuddel hat ein rotes Fass aus der Elbe gefischt, und wir denken . . ., wir glauben . . .“ Ich verhaspele mich.

Heiko reißt mir den Hörer aus der Hand. „Es ist Giftmüll darin“, schreit er in die Muschel.

Einen Moment schweigt Herr Wegener verdutzt. Dann fragt er gedehnt: „Wie kommt ihr denn darauf?“ „Weil wir gesehen haben, wie die Fässer von einem Binnenschiff aus in den Fluss geworfen wurden."

„Das ist ja seltsam. Wo befindet sich das Fass jetzt?"

„An der Südspitze des Bananensandes", schreie ich förmlich.

„In Ordnung. Wir fahren mit dem Kreuzer gleich mal vorbei und schauen es uns an. Spielt um Gottes willen nicht daran herum und haltet euch fern." Damit hängt er ein. Heiko und ich schnaufen vor Erleichterung. Jedenfalls sind wir vorerst die Sorge um das Fass los.

„Komm", Heiko stößt mich an. „Wenn wir uns beeilen, sind wir mit der HAI eher auf der Insel als der Zollkreuzer. Ich will sehen, ob es tatsächlich ein Giftfass ist."

Das will ich auch sehen. In unserer Hast rennen wir beinahe Bandit über den Haufen, der gelangweilt vor der Haustür sitzt und nach einer Fliege schlägt. Verwundert folgt er uns bis zur Mole. Als Heiko und ich in die Jolle springen, maunzt er ganz kläglich, als wolle er sich beschweren, dass wir ihn wieder allein lassen. Da beuge ich mich über den Dollbord und nehme ihn auf den Arm. Bandit sträubt sich das Nackenfell. Ins Boot wollte er nun auch wieder nicht, denn Wasser kann er nicht leiden. Aber zum Aussteigen ist es zu spät. Heiko hat den Motor angeworfen, und die HAI tuckert aus dem Hafen. Bandit rollt sich unter der Ruderbank zusammen und ergibt sich in sein Schicksal. Als wir endlich auf der Insel ankommen, bestürmen uns Heike, Su, Bastian und Flo mit Fragen. Es dämmert bereits, und das Fass, das vorhin grellrot aufleuchtete, sieht jetzt in der beginnenden Dunkelheit plötzlich ganz harmlos aus. Ich trage Bandit an Land. Er springt flink wie ein Hase den Strand hinauf und zieht sogar den Schwanz ein, damit ihn nur ja keine Welle erwischt.

Auf dem Seitenarm der Elbe ist es still und leer geworden. Die meisten Segler haben ihre Boote im Hafen vertäut und sind auf dem Weg zu ihren Wohnwagen auf dem Campingplatz, um sich ihr Abendessen zu machen. Ein frischer Wind kommt auf, der kleine Schaumkronen auf die Wellen zaubert und uns schaudern lässt.

„Ich sehe das Zollboot“, ruft Su begeistert. Sie springt wie ein Gummiball mit ihrer Puppe vor dem Fass hin und her. Ihre Zöpfe fliegen ihr nur so um die Ohren.

Mit schäumender Bugwelle prescht das schnittige Boot heran. Kurz vor der Insel dreht es bei, um nicht auf Grund zu fahren. Ich erkenne meinen Vater, der aus der Tür des Brückenhauses kommt, und Herrn Wegener, der mit Hilfe des Krans das Motorboot zu Wasser lässt. Er und Papa springen hinein und rudern die wenigen Meter zu uns ans Ufer. Wir umringen die beiden Männer aufgeregt, als sie aussteigen.

„Na, was habt ihr wieder entdeckt?“, fragt Papa belustigt. „Wo ist denn euer geheimnisvolles Fass?“ Aber als er näher herankommt und das Fass von allen Seiten begutachtet, wird er plötzlich sehr ernst.

„Was ist darin, Onkel Ulf?“, fragt Bastian ungeduldig. „Giftmüll?“

„Hm“, nickt Papa unsicher. „Habt ihr tatsächlich gesehen, wie Männer das Fass von einem Binnenschiff aus über Bord geworfen haben?“

„Ja. Und Kuddel hat es dann aus dem Fluss gefischt.“ „So ganz geheuer kommt mir dieses Fass wirklich nicht vor. Wir melden es auf jeden Fall der Wasserschutzpolizei. Die wird das Fass sicherstellen.“ Bevor wir antworten können, ruft Su: „Gut, dass wir es nicht aufgemacht haben.“ Sie legt die Hände auf den Rücken und blickt Papa treuherzig an.n „Ihr wolltet das Fass doch nicht etwa öffnen?“, fragt mein Vater entsetzt. „Doch“, sagt Su in aller Seelenruhe. „Aber Flo hat das verflixte Ding nicht aufgekriegt."

„Allmächtiger", bringt Herr Wegener mühsam heraus und starrt auf Hammer und Meißel, die immer noch im Sand liegen.

Und auch Papa schaut uns entsetzt an.

„Aber, Kinder", sagt er ernst, „ihr dürft keine Fässer, Tonnen oder Kisten öffnen, die ihr im Fluss oder am Strand findet. Das ist zu gefährlich."

„Schade", murrt Flo enttäuscht. „Es könnte doch auch einmal ein Schatz drin sein."

„Einen Schatz findet man meistens nur in Büchern", ruft Papa erregt. „In Wirklichkeit sind oft gefährliche Dinge in solchen Funden, wie Giftmüll zum Beispiel. So, jetzt kommt mit an Bord und erzählt der Reihe nach, was passiert ist."

Hein Wegener bleibt als Wache bei dem Fass zurück. Bandit hockt sich zu ihm und leistet ihm Gesellschaft. Wir anderen rudern mit dem Beiboot zum Zollkreuzer.

Wenig später lassen wir uns auf der halbkreisförmigen Sitzbank im Abfertigungsraum nieder. Wir stützen die Ellbogen auf den großen Tisch vor uns und blinzeln zu Papa hinüber, der sich an den Schreibtisch gesetzt hat. Hinter dem Schreibtisch befindet sich ein eingebauter Schrank, der mit Aktenordnern vollgestopft ist. Hier im Abfertigungsraum werden alle Zollformalitäten erledigt.

So, dann schießt mal los", ermuntert Papa uns; er zückt seinen Kugelschreiber, um sich Notizen zu machen. Wir erzählen alles der Reihe nach. Nur unsere Nachtwanderung und den heimlichen Besuch auf der ERIKA verschweigen wir. Während ich noch mit mir kämpfe, ob wir Papa unsere nächtliche Wanderung gestehen sollen, sagt er leise zu einem seiner

Kollegen, der am Türrahmen lehnt: „Wo ein Fass gelegen hat, können auch noch mehr sein."

„Klar sind noch mehr dort", ruft Heike voreilig. Heiko gibt ihr einen Tritt unter dem Tisch, sodass sie laut „Au", schreit. Aber die Worte sind nun einmal heraus. Papa betrachtet uns nachdenklich. „Raus mit der Sprache, Kinder. Ihr dürft uns nichts verheimlichen. Wenn tatsächlich Giftmüll in den Fässern ist, geht es um Leben und Tod."

Mit ernstem Gesicht erzählt er uns von skrupellosen Leuten, die immer wieder Giftmüll auf Müllhalden ab laden, nur weil sie Geld für eine ordnungsgemäße Beseitigung sparen wollen. Uns wird ganz schlecht, als wir erfahren, wieviel Unheil in der Natur und im Grundwasser durch dieses Gift angerichtet werden kann.

„Es sind noch fünf Fässer dort", berichtet Heike entsetzt.

„Nein, vier", stellt Bastian richtig. „Das fünfte liegt hier auf dem Bananensand. Oder vielmehr, es steht dort."

„Und woher weißt du so genau, dass noch vier Fässer im Fluss sind?", fragt Papa schnell. „Ihr habt mir doch erzählt, dass ihr gesehen habt, wie Männer ein Fass in den Fluss geworfen haben."

Heike ist in die Enge getrieben. Sie blickt uns hilfesuchend an. Wenn sie unser nächtliches Erlebnis erzählt, kommt unsere verbotene Nachtwanderung heraus. Aber das ist mir plötzlich egal. Wichtiger ist jetzt, dass weiteres Unheil verhindert wird. „Wir haben beobachtet, wie Männer von einem Binnenschiff aus fünf Fässer in die Elbe geworfen haben", sage ich fest.

„Die Kerle werden doch immer dreister", ruft Papa

empört. „Am helllichten Tag werfen die jetzt schon Giftmüll in den Fluss. Hat es außer euch noch jemand gesehen?"

„Nein. Es war ja in der Nacht und stockfinster", sage ich ganz leise.

Eine Weile herrscht Schweigen. Papa muss das erst einmal verdauen. Dann kommt sofort die nächste Frage. „Wieso in der Nacht? Ich denke, ihr liegt nachts in euren Betten und schlaft."

„Die Sache war so Herr Rehder", erklärt Heiko umständlich. „Es ist meine Schuld . . ., äh, ich meine, es war meine Idee mit der Nachtwanderung."

„Mit welcher Nachtwanderung?"

„Mensch, Onkel Ulf", sagt Bastian. „Wir sind gestern Nacht, als du mit Tante Uta im Theater warst, an der Elbe entlang gegangen, und dabei haben wir die Männer beobachtet, die die Fässer in den Fluss geworfen haben."

Papa schluckt.

Sus Augen jedoch blitzen wütend auf. „Ihr lügt ja", schreit sie. „Wir haben gar keine Nachtwanderung gemacht. Wir haben doch alle verschlafen.

„Flo und du, ihr habt verschlafen", kläre ich sie auf. „Wir nicht."

Sus Augen werden kugelrund. „Heißt das – heißt das, ihr habt die Nachtwanderung ohne Flo und mich gemacht?"

„Stimmt, Cousinchen." Bastian grinst. Er findet es immer komisch, wenn Su sich aufregt.

„Oh, ihr gemeinen ..." Su fällt das richtige Schimpfwort nicht ein. Sie springt auf und geht mit den Fäusten auf Bastian und mich los.

„Schluss jetzt", Papa wird energisch. „Wir haben wichtigere Dinge zu tun. Sabine, da es dunkel war,

habt ihr wohl nicht gesehen, wie das Schiff hieß?"
„Doch", rufe ich. „Es heißt ERIKA. Sie liegt jetzt am Kai des Chemiewerkes und..." „...und unter einer Plane sind noch fünf Giftfässer versteckt", unterbricht mich Bastian.

„Die sollen heute Nacht ebenfalls in den Fluss geworfen werden", fügt Heike hastig hinzu .

„Heute Nacht?" fragt Papa erstaunt. „Irrt ihr euch nicht?"

Unsere Antwort war ein klares „Nein!". Wir hätten deutlich gehört, wie ein Mann zu einem anderen sagte: „Den Rest bringen wir morgen Nacht."

„Sie brauchen sich mit dem Zollkreuzer nur auf die Lauer zu legen, Herr Rehder", ruft Heiko aufgeregt. „Dann können Sie die Verbrecher auf frischer Tat erwischen."

„Und ob wir das tun werden", schnaubt Papa grimmig. „Ich nehme jetzt über Funk mit der Wasserschutzpolizei Verbindung auf. Euch setzen wir gleich in Diekhusen an Land."

Wir machen lange Gesichter.

„Wieso absetzen?" fragt Bastian enttäuscht. „Können wir nicht an Bord bleiben und zusehen, wie sich der Kreuzer anschleicht?"

„Das könnte euch so passen", poltert Papa los. „Ihr gehört nachts ins Bett. Diese Sache könnt ihr meinen Männern und mir überlassen."

„Können wir nicht wenigstens eine Limo haben?", bettelt Su. „Ich habe schrecklichen Durst." Sie späht sehnsüchtig in den engen Niedergang. Dort unten im Schiffsbauch befindet sich die Kombüse, und dort gibt es einen riesigen Kühlschrank, in dem herrlich kühle Limoflaschen stehen; das wissen wir. „Dafür ist keine Zeit", sagt Papa kurzerhand. „Es wird bereits dunkel. Höchste Zeit, dass ihr nach Hause kommt." Wir müssen uns fügen. Protest hilft jetzt nichts. Ich bin schon froh, dass Papa uns keine Vorwürfe wegen unserer Nachtwanderung macht. Zum Glück hat er den Kopf jetzt voll mit wichtigeren Dingen.

Mit zwei Sätzen springt Papa die Stufen zur Brücke hinauf. Während er über Zollfunk mit seiner Dienststelle an Land spricht und die Wasserschutzpolizei informiert, verabschieden sich Heike und Heiko von uns. Ein Zollbeamter fährt sie im Motorboot zur Insel zurück und hilft ihnen, die kleine Jolle ins Schlepptau zu nehmen. Hein Wegener, der als einsamer Wachtposten bei dem roten Fass zurückbleibt, setzt den sich heftig sträubenden Kater ins Motorboot. Erleichtert nehme ich den armen Bandit in Empfang. Er fühlt sich auf dem Schiff mit den stampfenden Maschinen so unwohl, dass er starr und geduckt auf meinem Arm sitzenbleibt.

Am Anlegesteg des Bananensandes löst Bastian die Leine, mit der die Hai mit dem Kreuzer verbunden war. Klatschend fällt die Leine ins Wasser und wird rasch von Heike eingeholt. Heike und Heiko vertäuen ihre Jolle am Pfosten des Stegs und winken uns nach, als der Zollkreuzer Kurs auf den kleinen Hafen von Diekhusen nimmt.

Kurze Zeit später werden wir an der Mole abgesetzt. Wir müssen Papa versprechen, dass wir sofort nach Hause gehen und außer unseren Eltern niemandem etwas von unserem Abenteuer erzählen.

Vor dem Café verabschieden wir uns. Die Straßenlaternen brennen schon. Der Wind rauscht mächtig in den Bäumen, und es fängt langsam an zu regnen. Flo zieht sich die Kapuze seines Anoraks über den Kopf und fängt an zu laufen. Bandit jagt in großen Sätzen zu unserem Haus und kauert sich in den Hauseingang. Er hasst den Regen.

Später sitzen Su, Bandit und ich im Wohnzimmer und erzählen Mama von Kuddels gefährlichem Fang. Mama ist entsetzt. Um sie nicht noch mehr zu ängstigen, lasse ich das Erlebnis, das wir auf unserer Nachtwanderung gehabt haben, wohlweislich fort. Sonst könnte es passieren, dass sie demnächst nicht mehr ins Theater geht, damit wir abends nicht allein sind und auf dumme Gedanken kommen. Su hat wohl die gleiche Idee, denn sie hält ebenfalls den Mund. Ich weiß, dass sie immer noch böse mit mir ist, weil ich sie nicht geweckt habe. Mama schickt uns um neun Uhr zu Bett. Su schläft bald wie ein Murmeltier. Aber ich kann nicht schlafen. Ich stehe im Schlafanzug am dunklen Fenster meines Zimmers und spähe in die Finsternis. Der Wind treibt dicke Regentropfen gegen die Fensterscheiben. Zwischen dem Bananensand und Diekhusen ist kein Licht auf dem Fluss zu sehen. Und doch lauern dort im Schutz der Nacht irgendwo der Zollkreuzer und das Boot der Wasserschutz-Polizei auf die ERIKA. Hoffentlich erwischen sie die Umweltschädiger.

Aus Heikes Zimmer dringt kein Lichtschein. Bestimmt steht meine Freundin ebenso wie ich hinter der Fenster scheibe und blickt auf den schwarzen Strom hinaus. Leise maunzt Bandit neben mir. Er springt zu mir auf die Fensterbank und drückt seinen Kopf an meinen Arm. Ich streichle ihn, und sofort fängt der Kater wohlig an zu schnurren.

Draußen geschieht nichts. Nur der Wind heult ums Haus, und die Tropfen klatschen gegen die Scheiben. Das Licht der Hafenlaterne zittert trübe im Wasser. Es wird zehn, dann elf Uhr. Mir wird langsam so kalt, dass ich vor Kälte zittere. Eigentlich schadet es ja nichts, wenn ich mich fünf Minuten im warmen Bett aufwärme, bevor ich meinen Beobachtungsposten wieder einnehme. Ich husche unter die Decke. Aber als ich in meinem weichen, warmen Bett liege, sehe ich plötzlich nicht mehr ein, dass ich gleich wieder aufstehen soll. Bald fallen mir die Augen zu.

Geschnappt

Als ich die Augen öffne, umgibt mich helles Tageslicht. Verwirrt springe ich aus dem Bett. Eigentlich müsste noch dunkle Nacht sein. Ich wollte mich doch nur fünf Minuten aufwärmen. Nach einem Blick auf meine Armbanduhr zucke ich ärgerlich zusammen. Es ist bereits neun Uhr. Ich habe das ganze Unternehmen verschlafen.

Rasch stürze ich ans Fenster. Der Morgennebel hat sich fast aufgelöst, die Sonne dringt schwach durch den Dunstschleier. Die ersten Segler befinden sich bereits mit ihren Booten auf dem Strom. Der große Fluss strömt dahin wie immer, so als ob nichts geschehen wäre. Die ERIKA ist nicht zu sehen, das Boot der Wasserschutzpolizei und der Zollkreuzer auch nicht. Vielleicht haben die Männer das Binnenschiff verpasst. Oder es ist gar nicht gekommen, und die Fässer mit Giftmüll sind an einer anderen Stelle in den Fluss geworfen worden.

Wie der Blitz fahre ich in Jeans und Pullover und renne ungewaschen und ungekämmt nach unten. Mama gibt gerade Kaffee in einen Filter, sie summt dabei vergnügt vor sich hin. Auf dem Tisch liegt eine bunte Tischdecke, das Frühstück steht bereit. Es ist alles so wie an jedem anderen Sonntagmorgen auch.

„Wo ist Papa?“, platze ich ungeduldig heraus.

Mama blickt auf. „Erst einmal würde ich guten Morgen sagen“, meint sie ungerührt, „und dann würde ich mich an deiner Stelle waschen und kämmen, bevor ich am Frühstückstisch erscheine.“ Aber dann bemerkt sie meine Ungeduld und blinzelt mir zu.

„Papa holt Brötchen."
„Er holt Brötchen?"
Alles andere hätte ich erwartet . . . Dass er sich noch auf dem Zollkreuzer befindet und dass er die ERIKA verfolgt, aber Brötchen holen? Mama muss über mein verdutztes Gesicht lachen.
„Was hast du denn, Sabine? Ist es so ungewöhnlich, dass Papa Brötchen holt?"
Da man sonntags in Diekhusen keine Brötchen kaufen kann, backt Tante Almut für ihre Familie und für uns immer selbst. Ich stürze aus dem Haus und laufe zum Café hinüber. In der Tür pralle ich mit Bastian zusammen.
„Ich wollte gerade zu dir", ruft er. „Das ist ja ein tolles Ding, was?" Aufgeregt wackelt er mit den Ohren.: „Was denn?"
„Weißt du etwa noch nichts?"
„Nein", gebe ich kleinlaut zu.
„In dem roten Fass, das Kuddel gefischt hat, war tatsächlich Gift. Den Männern vom Zoll und von der Wasserschutzpolizei ist es gelungen, die Leute der ERIKA dabei zu überraschen, wie sie noch fünf Fässer über Bord stoßen wollten. Die haben bestimmt dämlich geguckt, sie haben sich doch so sicher gefühlt. Zuerst haben sie abgestritten, dass sie gestern Nacht schon fünf Giftfässer versenkt haben. Aber als dein Vater sagte, er könnte Zeugen bringen, die sie dabei beobachtet haben, mussten sie alles zugeben."
„Toll, dass die Kerle geschnappt sind."
Ich atme auf. Aber plötzlich durchfährt mich ein eisiger Schrecken. „Was geschieht mit den anderen Fässern, die bereits am Grund der Elbe liegen? Wenn die nun anfangen zu rosten und eines Tages das Gift ausströmt?"

„Die Fässer müssen so schnell wie möglich aus dem Fluss geholt werden“, erklärt Papa, der jetzt mit einer verlockend duftenden Tüte in der Hand aus Tante Almuts Küche kommt.

„Aber wie denn? Ich glaube nicht, dass Kuddel durch Zufall noch ein Fass ins Netz bekommt.“

„Hast du schon mal was von Tauchern gehört?“, grinst Bastian. „Die brauchen doch Kuddel nicht.“

„Richtige Taucher?“ Ich staune. „Mensch, toll, da müssen wir unbedingt dabei sein.“

„Hoffentlich kann Kuddel den Tauchern die genaue Stelle zeigen, an der er das Fass gefischt hat“, sagt Papa. „In der Nähe müssen sich ja auch die anderen Fässer befinden.“

Wenn einer auf den Zentimeter genau weiß, wo die Fässer liegen, so ist das Heiko“, rufe ich eifrig. „Ich bin nicht ganz sicher, weil es dunkel war und der Mond nur ganz kurz hinter den Wolken hervorkam. Aber Heiko hat einen guten Orientierungssinn auf dem Wasser. Er findet sich sogar im dicksten Nebel zurecht.“

„Und ganz ohne Radar“, bestätigt Bastian.

„Umso besser“, sagt Papa zufrieden. „Aber erst einmal wollen wir frühstücken. Das Taucherboot wird in einer halben Stunde da sein.“

Bastian schließt sich an und frühstückt bei uns. Su ist inzwischen ebenfalls in der Küche erschienen; sie kriegt ihre großen Kulleraugen, als sie etwas von Tauchern hört. Noch habe ich nicht zu Ende gefrühstückt, als es an der Haustür Sturm läutet. Heike und Heiko stehen draußen. Sie haben es vor Neugier nicht mehr auf der Insel ausgehalten. Natürlich sind sie froh, als sie erfahren, dass die Umweltsünder geschnappt sind.

„Die werfen keine Giftfässer mehr in den Fluss", sagt Heiko befriedigt. „Die Männer von der ERIKA und die verantwortlichen Leute des Chemiewerkes bekommen eine Anzeige. Über die Strafe wird später das Gericht entscheiden", ruft Papa aus der Küche.

Gerade will ich die Tür hinter Heike und Heiko schließen, da taucht Flos blonder Lockenkopf hinter der Hecke auf. In der Hand hält er ein angebissenes Brötchen.

„Komm rein", rufe ich ihm zu.

Husch kriegt von Flo sofort ein Stück Brötchen. Fluchtartig bringt der Hamster seine Beute und sich selbst in Sicherheit, als er den Kater entdeckt. Aber

Bandit hat ausnahmsweise kein Interesse an Husch. Er sitzt vor seinem Fressnapf und zerknackt genießerisch sein Trockenfutter.

„Halt“, ruft Mama, als wir nach dem Frühstück alle hinter Papa aus der Küche drängen. „Wer hilft beim Abräumen?“

„Aber, Mama“, jammere ich. „Du musst doch einsehen, dass wir keine Zeit zum Abräumen haben, wenn an der Mole ein Taucherboot wartet.“

Mama schiebt uns aus der Küche. „Lauft schon los, ich werde auch allein fertig“, sagt sie verständnisvoll.

Als das Spezialboot in den kleinen Hafen einfährt, kommen wir gerade außer Atem an der Mole an. Kuddel sitzt auf einem Poller und begrüßt uns aufgeregt. „Kinder, was habe ich da nur aus dem Fluss gefischt? Und ich alter Narr habe das Giftfass für harmlos gehalten. Ein Glück, dass ihr gescheiter wart.“

Kuddel und mein Vater gehen an Bord des Schiffes. Sie unterhalten sich mit dem Kapitän, und plötzlich zeigt Papa auf uns. Gespannt kommen wir näher.

„Wer von euch kennt die Stelle, an der die Fässer versenkt wurden?“, erkundigt sich der Schiffsführer bei uns.

„Du hast es gut“, raune ich Heiko neidisch zu. „Du darfst bestimmt mitfahren und zugucken.“

„Ich möchte auch auf das Taucherboot“, sagt Su energisch. Heiko überlegt nur eine kurze Weile. Dann antwortet er mit schlauer Miene: „Wir kennen die Stelle alle!“

„Ihr alle?“, staunt der Mann. „Su und ich waren doch gar nicht bei der Nachtwanderung dabei“, flüstert mir Flo zu. Er ist immer ehrlich.

„Psst“, zische ich unwillig. „Willst du mit auf das Taucherboot?“ „Welche Frage, natürlich will Flo mit. Er nickt eifrig.

„Dann halt den Mund und lass Heiko reden.“

„Wenn einer von euch uns die Stelle zeigt, wo die Fässer liegen, genügt das. Willst du mitkommen?“, fragt der Mann.

„Das geht nicht“, Heiko zögert. „Wir müssen alle acht mit. Zusammen können wir uns ganz genau erinnern.“ „Alle acht?“, fragt der Schiffsführer verblüfft. „Bin ich blind oder kann ich nicht mehr richtig zählen? Ich sehe nur sechs.“

„Der Hamster und der Kater gehören auch zu uns“, erklärt Su aufgeregt. „Wir sind immer zusammen.“ Der Mann lacht. „Ihr wollt wohl alle aufs Boot kommen, was? Gut“, stimmt er zu unserer Freude schließlich zu. „Dann kommt halt alle an Bord. Aber den Kater lasst besser an Land.“

Ich blicke Bandit an. Er zeigt wenig Interesse, schon wieder auf ein schwankendes Schiff zu gehen und macht vorsichtshalber einige Sätze rückwärts. Strahlend springen wir auf das Taucherboot.

Die Schatzkiste

Dicht gedrängt stehen wir im Ruderhaus des Taucherbootes und spähen verstohlen zur Südspitze des Bananensandes hinüber. Einsam ragt die Bake in den wolkenverhangenen Himmel. Das rote Giftfass ist verschwunden. Es ist gestern Abend von der Wasserschutzpolizei sichergestellt worden. Wieder läuft mir eine Gänsehaut über den Rücken, wenn ich daran denke, in welcher Gefahr wir gewesen sind.

„Hier ist es“, sagt Heiko plötzlich mit Bestimmtheit. Ernst steht er neben dem Kapitän, der dem Mann am Ruder Anweisungen gibt. Der Zeiger des Maschinentelegrafs steht auf STOP. Das gleichmäßige Stampfen der Maschinen hört auf. In der einsetzenden Stille hören wir deutlich die Ankerketten hinunterrasseln.

„Ich weiß nicht, Junge“, brummt Kuddel und schiebt zweifelnd seine Schirmmütze ins Genick.

„Ich glaube, es war etwas weiter nach Steuerbord, wo ich das verflixte Fass gefischt habe."

Aber Heiko schüttelt den Kopf. Er ist sich seiner Sache absolut sicher. Neugierig drücken wir unsere Nasen an den Scheiben des Ruderhauses platt. Papa hat uns befohlen, hier zu bleiben, damit wir den Männern an Deck nicht im Weg stehen. Wir beobachten das blaue Boot der Wasserschutzpolizei, das uns unbeirrt gefolgt ist. Es bleibt in unserer Nähe und vertreibt alle Segler, die sich aus Neugier mit ihren Booten zu nah heranwagen. So können die Bergungsarbeiten ungestört beginnen.

Zwei Männer in Taucheranzügen und mit Schwimmflossen erscheinen an Deck. Helfer befestigen jedem von ihnen ein Pressluftgerät auf dem Rücken. Die Taucher ziehen ihre Tauchermaske übers Gesicht und nehmen das Mundstück des Lungenautomaten in den Mund. Sie winken uns zu, lassen sich rückwärts über Bord fallen und verschwinden in den trüben Fluten.

„Wie wollen die denn die Fässer finden?", fragt Flo aufgeregt. „Der Fluss ist so schmutzig. Sie können bestimmt nicht viel sehen."

„Die haben doch eine Taucherlampe dabei", erklärt Bastian ungeduldig.

„Wie mag es auf dem Grund des Flusses wohl aussehen?", überlegt Heike.

„Vielleicht finden sie ein altes Wrack", sagt Flo mit glänzenden Augen.

„Es wäre besser, sie würden die Giftfässer finden", knurrt Heiko.

Wie gebannt starren wir auf die Luftbläschen, die aus der Tiefe heraufsteigen und wie Seifenblasen an der Oberfläche zerplatzen.

„Wo kommen die Luftblasen her?“, fragt Su.
„Na, von den Atemgeräten“, ruft Bastian unwirsch. „Schließlich müssen die Taucher doch Luft ein- und ausatmen. Sie haben keine Kiemen wie die Fische.“
„Das weiß ich auch.“ Su wendet sich beleidigt ab. Da erscheinen die Taucher wieder an der Wasseroberfläche. Sie nehmen das Mundstück ihres Atemgerätes aus dem Mund und schieben die Tauchermaske hoch.
„Der Junge hat recht“, ruft einer der Taucher. „Vier Fässer liegen dort unten dicht nebeneinander im Sand. Wird nicht so schwierig sein, sie zu bergen. Werft uns mal die Leinen zu!“

Die Männer an Deck beeilen sich mit den Leinen. Die Taucher verschwinden erneut im Wasser, um die Leinen an einem der Fässer auf dem Grund des Flusses zu befestigen. Ein Fass nach dem anderen wird dann vorsichtig mit Hilfe eines Krans seinem nassen Versteck entrissen. Wir drücken uns eng aneinander und wagen kaum zu atmen, als das erste Fass sacht an Deck landet. Die Männer behandeln es wie ein rohes Ei. Zum Glück ist es – ebenso wie die drei nachfolgenden Fässer – unbeschädigt. Ein hörbares Aufatmen geht durch uns alle.

„Die Giftmüllfässer werden jetzt ordnungsgemäß vernichtet und können keinen Schaden mehr anrichten“, Mein Vater streicht sich erleichtert die Haare aus der Stirn. Schnell legt er die Arme um Su und mich.

Wir blicken uns strahlend an. Jetzt können die Leute in Diekhusen wieder beruhigt schlafen. Der Fluss ist einer lebensbedrohenden Verseuchung entgangen. „Seht euch das an“, Kuddel reißt uns aus unseren Gedanken und zeigt zum Ufer hinüber. Eine große Menschenmenge ist auf dem Deich zusammengeströmt. Viele Leute beobachten durch Ferngläserdie Taucharbeiten. „Das muss sich ja wie ein Lauffeuer herumgesprochen haben", Heike staunt. „Ihr kommt bestimmt noch in die Zeitung", meint Kuddel. „Schließlich habt ihr den Fall mit aufgeklärt." „Nur durch meine Superidee mit der Nachtwanderung!" Heiko klopft sich stolz auf die Brust.

„Psst, nicht so laut", sage ich schnell. „Erinnere Papa bloß nicht wieder an die Nachtwanderung!"

Als alle vier Fässer heil und unversehrt an Deck stehen, klettert ein Taucher wieder an Bord. Der andere ruft uns zu: „Ich habe dort unten noch etwas Interessantes entdeckt. Ich gehe noch mal runter."

Er steckt das Mundstück am Schlauch seines Atemgeräts in den Mund und verschwindet wieder im trüben Wasser.

„Was kann er denn entdeckt haben?", ruft Heike überrascht. „Viel... vielleicht einen Piratenschatz." Flo fängt vor an zu stottern und bekommt vor Aufregung ganz heiße Wangen.

„Ach, du mit deinem Schatz", brummt Bastian verächtlich. Dabei ist er genauso neugierig wie wir und schiebt uns mit dem Ellbogen beiseite, um besser sehen zu können. Da erscheint der Taucher wieder an der Oberfläche. In den Armen hält er einen großen Drahtkorb, der ganz grün vor Algen ist .

„Ein Korb?" Su macht ein langes Gesicht. „Ich dachte, ein Schatz ist immer in einer Kiste." Flo achtet nicht weiter auf sie. Ihm fallen beinahe die Augen aus dem Kopf, als er den Korb sieht. Nun ist er nicht mehr zu halten. Er stürzt aus dem Ruderhaus an Deck, und wir folgen ihm schnell, um nichts zu verpassen. Aufgeregt tritt Flo von einem Fuß auf den anderen. Er kann es kaum abwarten, bis der

Taucher endlich an Bord geklettert ist und der Korb triefend und geheimnisvoll vor uns auf Deck steht. Hineinsehen können wir leider nicht, weil der Korb einen Deckel hat und von innen mit Stoff bespannt ist, auf dem sich jede Menge glitschiger Algen festgesetzt haben.

Was mag darin sein? Etwa der Piratenschatz, von dem Flo immer träumt? Wir können es vor Spannung kaum noch aushalten.

„Kann ich den Deckel aufmachen?“, bittet Flo; er ist zappelig vor Ungeduld.

„Aber, Flo“, sagt Heike. „Wir sollen doch keine Fässer und Kisten aufmachen, die wir irgendwo finden. Vielleicht ist in dem Korb auch so ein Giftzeug.“

Flo zieht erschrocken seine Hände zurück, die er bereits nach dem Deckel ausgestreckt hatte.

„Du kannst ihn ruhig aufmachen.“ Der Taucher lacht Flo zu. „Es ist nichts Gefährliches drin.“

Mit zitternden Fingern öffnet Flo den Deckel. Unsere sechs Köpfe und der weißhaarige Kopf des alten Kuddel beugen sich gespannt über die Öffnung.

„Oh“, ruft Flo verdutzt.

Wir blicken uns an, und dann prusten wir los vor Lachen. Es ist nicht zu fassen, was dort in dem algenbehangenen Korb liegt. Aber eigentlich hätten wir's uns denken können.

„Das gibt's doch nicht“, sagt der alte Kuddel fassungslos. „Das ist ja mein alter Drahtkorb, der mir vor einem halben Jahr beim Angeln über Bord gefallen ist. Meine beiden Schnapsflaschen liegen noch drin, und hier ist auch mein Portemonnaie. Nicht zu fassen.“

Mit zitternden Fingern öffnet er die aufgeweichte Geldbörse und fischt zwei Zwei-Euro-Münzen und

ein Fünf-Cent heraus. Su biegt sich vor Lachen.
„Das ist also Flos berühmte Schatzkiste!“
„Wo sind die Goldtaler geblieben, Flo?“, jubelt Bastian.

„Und die Perlen und Edelsteine?“, kreischen Heike und Heiko unisono. Flo tut mir leid, er ist richtig enttäuscht. Dem alten Kuddel geht es wohl so wie mir. Schnell drückt er Flo die drei Geldstücke in die Hand.

„Die gehören dir“, sagt er. „Finderlohn. Du hast den Korb als erster geöffnet. Nicht im Traum hätte ich daran gedacht, dass ich den Korb wiedersehen würde.“

„Nun hat Flo doch noch einen Schatz bekommen. Und einen Glückspfennig dazu.“ Begeistert tanze ich um den Korb. Flo starrt auf die Geldstücke in seiner Hand und strahlt. Er spuckt dreimal auf den Fünfer und schreit: „Toi, toi, toi!“

Hier wohnen die Acht vom großen Fluss

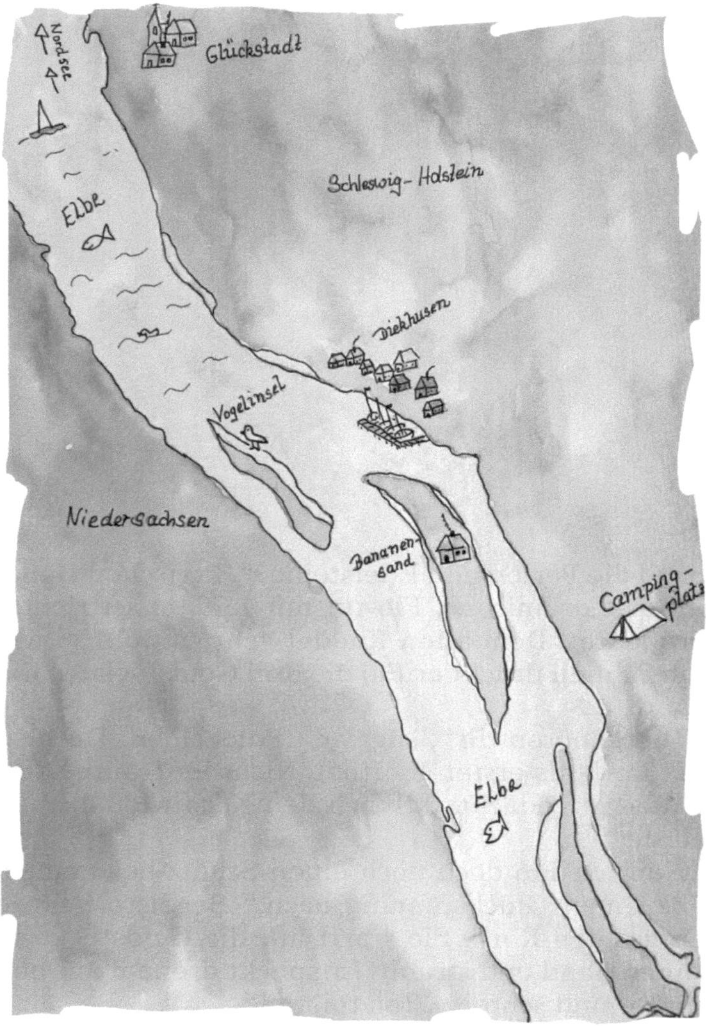

So sieht es auf Bananensand aus

Leibniz-Blätter zum Bestellen

Ausgabe 1 (vergr.)

Ausgabe 2

Ausgabe 3

Ausgabe 4

Ausgabe 5

Ausgabe 6

Ausgabe 7

Ausgabe 8

Ausgabe 9

Ausgabe 10

Ausgabe 11

Ausgabe 12

Ausgabe 13

Ausgabe 14

Ausgabe 15

Ausgabe 16

Ausgabe 17

Ausgabe 18

Ausgabe 19

Ausgabe 20

Ausgabe 21

Ausgabe 22

Ausgabe 23

Ausgabe 24

Ausgabe 25

Ausgabe 29

Ausgabe 31

Ausgabe 32

Ausgabe 33

Ausgabe 34

Ausgabe 36

Ausgabe 37

Ausgabe 38

Ausgabe 39

Ausgabe 40

Ausgabe 41

Die bisher erschienenen Ausgaben der Leibniz-Blätter können unter redaktion@leibniz-privatschule.de bestellt werden.

Leibniz Blätter Verlag - aus dem Buch-Programm

LEIBNIZ BLÄTTER VERLAG